モニュメンツメン・マーダーズ

ジョシュ・ラニヨン
冬斗亜紀〈訳〉

rs

Monochrome Romance

The Monuments Men Murders

THE ART OF MURDER BOOK 4

モニュメンツメン・マーダーズ

ジョシュ・ラニヨン

〈訳〉冬斗亜紀 〈絵〉門野葉一

MAP

カナダ
モンタナ州
ボズウィン
ワイオミング州
カリフォルニア州
マサチューセッツ州
ニューヨーク市
ワシントンDC
クワンティコ
ロサンゼルス
メキシコ

芸術とは、真実を理解させるための嘘である。

パブロ・ピカソ

1

恐怖は人をすり減らす。

怒りのほうがまだいい。

どちらも疲弊するが。

別に四六時中恐れているわけでもない――大体の日は、身に迫る危険のことなど考える隙もなく忙殺されている。だが時々、夜になると、そう。愛しい我が家にいない時のほうがマシというのが皮肉なところだ。

FBI美術犯罪班所属の特別捜査官、ジェイソン・ウエストは一、二分じっと横たわり、モンタナ州ボズウィンにあるホテルの薄闇に目を凝らして、ぼんやりと周囲の音を聞き分けていた――近くの製氷機がガラガラと中身を落とす音、駐車場で水浸しのエンジンをふかす音、ナイトスタンドの時計の光る文字盤がカチカチ鳴る音。

3時43分。

44分になった。

何時でも、サムに電話はできる。たとえ、珍しいことに行動分析課主任のサム・ケネディが眠っていようとも、ジェイソンの電話には出るはずだ。

どうせ起きているのだろうし。

国の反対側にいるにもかかわらず、サムを思うとジェイソンの心が安らぐ。サムの、端正というのとは少し違う骨張った顔が、パソコンの画面の光に照らされているところを思い描けた。幅広い肩、体にぴったり仕立てられた白いシャツが包む張り詰めた固い筋肉。こんな夜中ならボタンを外し、袖もまくり上げているだろう。あの金縁の、ジェイソンが奇妙に心ときめく眼鏡をかけ、一歩引いた深遠な表情で今日一日の悪いニュースを読んでいる。

明日、サムはこのモンタナに来る。

明日、三週間ぶりに会える。この前は戦没将兵追悼記念日《メモリアル・デー》に思いがけずに（ジェイソンにとっては）会って、短い時間をすごした。その前は二ヵ月間、同じところに居合わせたことがない。

長距離交際は一般的に楽なものではないし、中でもサムとジェイソンの交際は複雑だ。それでも、存在すらしないよりははるかにいい。あまりに幾度も失う寸前までいったので、当たり前のように今を享受することはできなかった。

もしサムが眠っているなら、休息が必要なはずだと、ジェイソンは声が聞きたい衝動をしばらくこらえた。今週はすでに一度電話している。緊張で神経が参っていると思われたくない。

だがもちろん、神経は参っている。

昼間は大したことはない。仕事中は大丈夫だ。

だがドクター・ジェレミー・カイザーはジェイソンの夢の入り口を見つけており、多くの夜に無意識の扉からずかずか入ってくるのだ。大体はぼんやりとした不安感や胸騒ぎ程度。夢の中のジェイソンは、多くの時間を費やして、紛失したカイザーの事件調書や行方不明者ファイルを探し回っていた——精神科医でなくとも意味するところは明らか。

そうでない夜は——まさに今夜とか——あやうく拉致を逃れた時のことが様々に再現され、ジェイソンは汗まみれで、打ち上げられた魚のように喘ぎながら目を覚ますのだった。

あの拉致の細部の記憶は曖昧で、おかげでこの悪夢のどれが実際の事件を反映しているのか、どこかに真実が含まれているのかすらわからない。ただ恐怖と怒りをかかえて目覚めるだけだ。終わりも見えないまま。

ベッドスタンドのリモコンに手をのばして、テレビをつけた。深夜番組は最近の友だ。夫婦生活の危機を迎えたマジシャンのおかしな白黒映画が放送されていたので、ジェイソンは楽な体勢になって後頭部で手を組むと、眠れぬ数時間をつぶしにかかった。

その映画『永遠に貴方を』を見ていると、この前サムと一緒にした仕事のことを思い出す。いや、一緒にしたとは言えないが。ジェイソンはカイザーから逃げようとして負った傷の療養中で、サムはその経過を見張る気満々だった。

ともあれ、サムの母の住居での滞在はいい思い出で、映画はちょうどよく馬鹿げており、ワイオミングの一件の結末もジェイソンには納得いくものだった。シャイアン地方支部がなんとか捜索令状を手に入れた時には、マジシャンたちの一群はすでに消失マジックをやりおおせていたのだ。もしかしたら、これであるべき形に落ちついたのかもしれない。

そのジェイソンの価値観にサムはどうせ賛同しないだろうし、ここモンタナでジェイソンが成し遂げようとしていることを知ったら、やはりいい顔はすまい。だからジェイソンはこの捜査を片付けてしまいたいのだ、まだ――。

携帯電話がいきなり元気に震え出し――ジェイソンの体もぎょっとはねる。たちまち自分の反応に腹を立てた。悪態をついて携帯電話をつかむ。うなるように言った。

「ウエスト」

『ウエスト特別捜査官』サムがなめらかに言った。深い声は、かすかな西部訛りで少し甘い。

『起こしたか?』

いつしか『ウエスト』という呼びかけは、二人の時には愛称のようになっていた。

ジェイソンはほっと枕に沈みこんだ。

「いいえ。あなたのことを考えていた」

『ほう』

「背中の下のほうがぞくぞくしませんでした?」

サムの笑い声は静かで、親しげなものだった。

『やけに浮わついているな』

「そうですよ。明日の夜が楽しみで」

『俺もだ』

ジェイソンは一瞬目をとじ、噛みしめた。サムと同じ場所に居合わせられれば時を惜しんで一緒にすごせる、そんなことがとても当たり前ではない頃もあったのだ。

電話の向こうで、サムが何かを口に含んだ。ジェイソンはうっすらと微笑んで、待つ。

サムが思案含みの口調で聞いた。

『話したいか？』

「正直、あまり」とジェイソンは認めた。

『なら聞くほうは？』

「いいですね。あなたにヤらしいことを言われてみたいな」

もちろん冗談だ。半分は。セックスがくれる解放や脱力感がほしくないなんて嘘をつくつもりはない。この際電話ごしでもいい。サムはあまりきわどいことを言うたちではないし、電話ではとりわけそうだが、言ってみるだけなら駄目元《だめもと》だ。

サムが酒を飲み、考えこんで、重々しく言った。

『自分のモノをさわっているのか？』

ジェイソンは笑いを呑みこみ、自分のボクサーパンツを一気に下げ——（成長中につき注意だ、いてて）——自分のペニスをつかんだ。

「さわってます。あなたの手だったらもっといいのにって思う」

はね返ってきた沈黙に、あやうくおかしな笑いを洩らすところだった。サムはつまみでも作りに行ってしまったか。そう思うと喉から細い声がこぼれた。

サムがいきなり、そっと言った。

『お前とヤるのが好きだ。お前と愛し合うのも好きだ。お前と一緒にいると両方ともできるのが、好きだ』

固い屹立《きつりつ》の先端に親指をすべらせて、ジェイソンはわずかなぬめりをしごく助けにする。

「俺もあなたを愛してますよ」とかすれ声で答えた。

サムの声は、誘惑というよりも正確な情報伝達を試みているようだった。

『お前といるのは、いつもいい。自然だ。しっくりくる』

ジェイソンは唇を噛み、手でしごいた。サムが不器用で、愛しくて、おかしい——だがここで笑えばサムはジェイソンに笑われていると思うだろう。実際にジェイソンが笑いたいのは自分自身とこの状況、そしてサムとの関係がある意味で自分のすべてだという事実だ。

サムが言った。

『それと、お前の笑い声も好きだし、今、お前が笑うまいと必死なところも好きだ』

つまり――バレてる。そういうことだ、ウエスト。いつものことだがサムのほうが数段上手《うわて》。ジェイソンの呻き声は、効果音としての狙いもあったが、同時にパチパチとはぜるような刺激が股間から脳天へと、あらゆる脇道に響きながら甘くのぼってきたせいもあった。

枕の上、頭のそばに置かれた携帯電話が肩に滑り落ちて、続くサムの言葉を聞きそびれた。さらに数度、もっと強く、タイミングを合わせて――サムと一緒にいる明日の自分を思い描きながら――しごき上げると、獰猛にはりつめた力が至高の解放感へとはじける。

ジェイソンは喘ぎ、喉からこぼれそうな声の残りを呑みこむと（なにしろ仕事上のパートナー、J・J・ラッセル特別捜査官が隣室にいる）、脈打ちながら全身を満たす絶頂に身をまかせた。

肩口のあたりからサムの声がした。

『それと、ああ、俺も愛してるよ、ジェイソン・ウエスト』

声が出せるようになると、ジェイソンは問いかけた。

「明日は何時着の便です？」

答えはもう知っている。変更がないかたしかめたいだけだ。それだけ明日を楽しみにしている。楽しみすぎるくらいに。

『昼前には支部に行けるだろう』

「わかりました。そっちで、適当に会いましょう」

『ああ、そうだな。ラストダンスはとっておけよ』

ジェイソンは暗がりへ向けてニヤッとした。明滅するテレビ画面では、デヴィッド・ニーヴンが夫婦仲の危機を切り抜けるという究極のマジックを成し遂げるところだった。

「いい旅を」とジェイソンは言った。電話を切りたくない。この細いつながりを保っていたい。

『いい夢を、ウエスト』とサムが答えた。


「おっ、あれってマルティネスじゃないか？」とJ・Jが聞いた。

二人はホリデイ・イン近くのレストランで朝食を取りながら、担当している告発人——盗難美術品を専門に調査するオランダ人を、待っていた。情報交換の後、隣の郡で観光牧場を経営するバート・トンプソンの話を聞きに行く予定だ。バートの最近他界した叔父、ロイ・トンプソンには、第二次世界大戦末期に貴重な美術品を盗んだ嫌疑がかかっていた。

「ん？」

ジェイソンはコーヒーマグから顔を上げた。もう一杯コーヒーを飲めばなんとか人間らしくなれそうだ。少なくとも目は覚めるだろう。眠れぬ夜の蓄積がずしりと重い。ただし昨夜ばかりは不眠症にも利点があったが。

J・Jの視線をウェイトレスの立つ位置まで追うと、まさに捜査官という、お手頃価格のビジネスウェア姿の男女が席に案内されるのを待っていた。

ジェイソンは、これから会うはずのハンス・デ・ハーンのことに気が行っていた。ボズウィンFBI駐在支部のマルティネス捜査官には、昨日紹介されたような記憶がぼんやりある。小柄な女性でおそらく三十代前半、かなり短い黒髪と大きな茶色の目をしていた。魅力的なのは間違いないが、J・Jのいつものタイプとは違う。常ならJ・Jはスポーツ・イラストレイテッド誌の水着特集号で単独ページを飾るのが夢、というような見事な体つきの金髪美女に食いつく。

「そうか?」

「そうだよ」J・Jが席を立った。「相席しないか、聞いてくる」

ジェイソンの返事も待たず、挨拶に向かってしまう。

内心でジェイソンは溜息をついた。J・Jはまだ青い。新人ではないが未熟で——ただ彼にとっては大変な一年目だった。ジェイソンと組む前までですら。J・Jとジェイソンは二月からパートナーを組んできた。長い四ヵ月。はじめのうちは確実にどちらかが相棒殺しで刑務所行きになるだろうと思ったが、そのうちそこそこまともで火花の散らない仲に落ちついた。二人の性格は正反対で、J・Jは、LA支局所属の美術犯罪班の捜査官と組まされたのは自分の才能の無駄遣いだと信じていた。ジェイソンとしてもそこは心から同意したい——理由は違うが。

こちらを見た二人の捜査官へ、ジェイソンは挨拶の手を上げた。

J・Jが、混んだ店の奥までマルティネスと相棒をつれてくる。ジェイソンは立ち上がった。ヴェラ・ウォンの香水を（姉ソフィーと同じ香水なのだ）つけたマルティネスが空席へ腰を下ろし、彼女の相棒がその隣に座ると、ジェイソンはJ・Jが狙った相手の向かいに座れるまで待ってやった。

男の捜査官は、特別捜査官のトラヴィス・ペティと名乗った。ジェイソンより少し若く、背が高い筋肉質の金髪男だ。まさにスポーツ・イラストレイテッド誌で特集を組めそうな男前だった。

「会えてよかった、ウエスト」とペティは言った。「きみは、マサチューセッツでサム・ケネディと一緒だったろ」と続ける。

ジェイソンは彼を見つめ返した。

「そうだったね」

まさしく、ペティは美男子だった。青い目、芯の強い顎、少年っぽい癖毛の淡い金髪。一九五〇年代の〈男が憧れる職業〉のポスター各種を飾れそうな好男子ぶりだ。

ペティが歯をきらめかせて、うらやましそうに微笑んだ。

「素晴らしい機会だったね。サムの現場捜査官としての最後の事件で、一緒に働けるとは」

「大いに勉強になったよ」

行動分析課《BAU》のケネディ主任ではなく、サム・ケネディ。それどころか単なるサムという呼び方は、FBIでのサムの普段の評判からするといささか意外で、隠れた人間関係を匂わせているかに思えた。それか、とにかく、伝説のBAU主任に対する度を超えた関心を。

「俺は、ディアロッジの壊し屋事件で彼が率いた特別捜査官の一員だったんだ、二年前にね。じつに多くを学べた」

「だろうね」とジェイソンは答えた。

ペティが言及した悲惨な事件が、サムがジェイソンと同じタイミングでモンタナ州にやってくる理由だった。ビーバーヘッド＝ディアロッジ国立公園を狩場にしていた連続殺人犯の逮捕は、サムが現場を離れる寸前の仕事で、サムの性格上、その事件の最終段階まで目を配って裁判の帰結まで捜査班を手伝っていたのだった。いついかなる時にも他人まかせにはできないたちだ。

「あなたも美術犯罪班？」とマルティネスがＪ・Ｊに聞いた。可愛い笑顔だ。だが背が高く黒髪でハンサムなラッセルは、老いも若きも、女性からいつも可愛い笑顔を引き出す。

「まさか、勘弁だ」

ジェイソンが「ラッセルはどちらかというと人身御供だから」と口をはさみ、皆が——ラッセルも含めて——笑った。

「冗談を言ってるつもりだろ」とラッセルが言う。

「いいや、本気だよ」

ペティが口を開いた。「これだけは言えるけど、彼の班に空きが出たら俺はそのポジションを取りに行くつもりだよ」

ジェイソンは社交辞令で微笑んだ。サムの話の続きだろう、ジェイソンや美術犯罪班に加わる話をペティがするわけもない。むしろペティには、ジェイソンに対して〝サムと長時間すごした誰か〟という以上の認識はなさそうだ。

ちらりとマルティネスを見ると、相棒のペティを優しいあきらめの目で見ていた。

J・Jが言い出す。

「今あんたがその話をしてる相手、ケネディのBFFだけどな」

特別な親友《BFF》には文字どおりの意味だってある――ただの仲良し。だがマルティネスの「えっ」という反応は、意味が正しく伝わったことを示していた。ペティにも伝わったらしい、彼の表情の変化は滑稽なほどだった。

ジェイソンから視線で刺されて、J・Jが「いいだろ、本当のことだ」と言い返す。

ペティの口元が上がったが、笑顔にはなりきれていなかった。

「うらやましいね」と彼は言った。

2

じつに気まずい。

サムが貞潔なほうだとはジェイソンだって思ったこともないし、口説かれた捜査官が自分だけだと思ったこともない——だがどういうわけか、サムのお相手と出くわす可能性なんて考えたこともなかった。たとえそんなことがあっても、気付くことはないだろうと。こんなややこしい状況になったのは、たまたまジェイソンとサムのスケジュールが一致した偶然のせいだ。

おかしなことに、ペティはサムのタイプですらなかった。サムの好みとは、要するにジェイソンの系統だ。背が高くて細身、黒髪で彫りが深く顎がほっそりしている。イーサンと似た男たち。サムがそのいつものパターンからそれていたことにジェイソンは面食らったが、どうして焦りを感じるのか自分でもわからなかった。

青い制服のウェイトレスが近づいてくると、マルティネスが言った。

「もう行かないと。もともと、さっと食べるだけのつもりだったから」

「まだ注文もしてないだろ」と、このテーブルの微妙な空気に気付きもしないJ・Jが抗議する。

　レストランのドアがシュッと開き、モンタナの乾いた夏風が吹き込んで、鋭い顔つきで痩せて背の高い、薄い黒髪と先細りの顎ひげの男が入ってきた。店内を探る目で見回している。

「約束の相手だ」とジェイソンは言った。Ｊ・Ｊへ目をやる。「そのまま朝食を食べててくれ。道すがら後で説明するよ」

　Ｊ・Ｊから感謝の目を向けられ、マルティネスとペティへ別れのうなずきを送ってから、ジェイソンは席を立つとオランダ人調査官のハンス・デ・ハーンのところへ向かった。

「ウエスト捜査官？」

　ジェイソンが着くより先に、デ・ハーンが気付いた。細い、ストイックな顔が明るくなる。コウノトリっぽい印象をさらに強める丸眼鏡の向こうで、光をたたえた黒い目がやわらいだ。

「色々とお世話をかけた、ありがとう」

　彼の手を、ジェイソンは握り返した。

「ついにお会いできてうれしいですよ、ミスター・デ・ハーン。この件でのあなたの仕事ぶりは素晴らしいものだ」

　本心からの言葉だった。デ・ハーンには深い敬意を抱いている。たとえその調査によってジェイソン個人に難問が突きつけられることになっていても。旅路の話を聞きながら、ジェイソンはデ・ハーンと並んで、カウンターの隅に見つけた席に落ちついた。

挨拶がわりの会話がすむと、デ・ハーンが言った。

「ミスター・トンプソンはまだ私と話してはくれない。キレッタと話せと言ってくる」

キレッタ・マッコイはバート・トンプソンの姉だ。ほかに又姪もいるが、このキレッタとバートがロイ・トンプソンの主な相続人だった。ロイの価値のある所有物はすべてこの二人に、戦利品も含めて、相続される。ロイの秘蔵の盗難絵画や美術品の中には、所在不明だったフェルメールの伝説の絵が含まれているかもしれないという見すごせない情報があった。一六九六年にオランダのオークション目録に載ったのを最後に消えた、『奥の部屋で手を洗う紳士、稀《き》覯《こう》品とともに』の絵。

フェルメールの絵がある可能性は、なによりジェイソンの胸を高鳴らせ――そして不安にさせた。フェルメールの絵の再発見はいつでもマスコミから大きな注目を浴びる。今回はできるだけ注目を避けたいのだ、様々な理由から。

「ご心配なく、キレッタと話しましょう」ジェイソンは言った。「そしてバート・トンプソンも、もちろん話してくれますよ」

「きみの自信が頼もしいよ、ウエスト捜査官」

ジェイソンは肩をすくめた。証言するのが自分の身のために最善だと、相手を説得する経験は積んできている。

「きみらの政府の中には、そこまで協力的でない人もいるしね」

それは無理もない。

ジェイソンは言った。

「とにかく、トンプソン大尉の行為は弁解の余地がないもので――それは彼の部隊、ひいてはアメリカの占領軍全体の責任でもあります」

「私もそのように思う。あの男は泥棒だ。あの家族は、泥棒の一家だ」

そこは……そう単純な話ではない。トンプソンの遺族たちは、一家に七十年以上も存在してきた品を、自分たちが相続する正当で合法的な権利があると思っている。そしてそのような考え方は彼らだけのものではない。

ジェイソンは答えた。

「少なくともトンプソン大尉は現地におり、とにかく従軍はしていた。戦争を見たでしょう。彼は……多くを見すぎたのかもしれない。動機はそう単純なものではないかもしれない。彼の家族も、自分たちが握りしめようとしているのが盗難美術品であることを理解しているとは限らない」

「ただの盗難美術品ではない――他国の文化遺産だ！」

そのとおり。だがジェイソンとしては、デ・ハーンがそこまで情熱むき出しでないほうがありがたい。とりあえず、声はもう少し抑えてほしい。

デ・ハーンがメリーランド州の公立公文書館で粘り強く調べ上げたところによると、ロイ・

トンプソン大尉は第二次世界大戦中、ドイツのバイエルン州南西部に配属されたアメリカ占領軍の一員だった。その地方の城の地下トンネルからは、ナチスによって奪われた美術品や文化財が多量に発見されていた。

ジェイソンはデ・ハーンの調査を疑ってはいない。デ・ハーンの出した結論も。

問題はだ、トンプソン大尉は、自分が城から美術品を持ち出したのは指揮官から許可が出ていたからだと主張していたそうなのだ。その指揮官こそ、エマーソン・ハーレイ。

悩ましいのは、そのハーレイがかつて伝説の〝モニュメンツ・メン〟の一員だったことだ──『戦地での芸術的・歴史的遺産を守る』という特命を帯びていた部隊。それどころか、ハーレイは建造物・美術品・公文書部隊《モニュメンツ・メン》の副長だったのだ。

そしてさらに悩ましいことに、エマーソン・ハーレイは、ジェイソンの祖父であった。

単なる祖父ではなく、少年時代の崇拝の対象だ。世界の文化遺産を守り後世に残そうとしたエマーソン・ハーレイの勇敢さにふれ、ジェイソンは芸術への愛と歴史への情熱を胸に抱いてFBIの美術犯罪班へ加わったのだ。

その祖父が、略奪にも等しい行為を見逃しただけでなく、自分の手も染めていたかもしれないなど、聞くだけでぞっとする。

信じてなどいない。ありえない話だ。だがだからと言って、祖父《グランパ》ハーレイが──その名誉が、無傷ですむとは限らない。泥がなすりつけられれば名にこびりついて残るものもあるだろう。

それは避けようがないことで、告発が行われるより前に食い止めるしかないのだ。

エマーソン・ハーレイは四年前に他界しており、もはや己の名誉を守れない。ロイ・トンプソンは一年前に他界し、やはり聴取は不可能。証言を得られるとすればトンプソンの遺族からしかない。さらに盗難絵画の行方についても、トンプソンの遺族たちは今のところ指摘の作品は所持していないと主張している。同時に、すでに売却しようとした〝戦地から叔父が救った〟作品たちについては、法的所有権を主張していた。

「わかっています。解決のために手を尽くしましょう」

デ・ハーンが小さく微笑んだ。「きみは理想主義でいられるほど若いんだな、ウエスト捜査官」

ジェイソンも微笑んだ。

「あなたも大した理想家でしょう、ミスター・デ・ハーン。きっと調査を始めた時、周りの皆から絵は絶対に見つからないと言われたでしょうに」

「きみが想像している以上にね」

デ・ハーンはこの件とジェイソンに個人的な関係があると知らない。誰も知らない。知られるわけにはいかないのだ、関係があると知られれば、たちまちジェイソンは捜査から外されてこの件は別の捜査官に引き継がれる。その捜査官は、紙上の物語を事実としてただ受け入れるだろう。裏の裏まで調べ尽くそうとはしない——エマーソン・ハーレイという人間を直接知る経験をしてないがゆえに。

ジェイソンにしてみれば、今回、自分の客観性のなさこそが利点だ。祖父が世界の至宝である文化財の横奪を見逃したり、あろうことか加担するなど万に一つもありえないとはじめからわかっているのだから。この件には裏があると知っている。真実にたどりつくためにはもっと追及が必要だとも。

「もう、あなたは一番大変な仕事をしたじゃないですか」ジェイソンは言った。「次は矛盾する情報をより分けていけばいい」

そこにJ・Jがやってきた。ポケットをポンと叩き、得意げな笑みを浮かべる。

「さ、行こうか!」

ジェイソンは首を一振りして、紹介した。

「彼は俺のパートナーで、ラッセル特別捜査官。そしてラッセル特別捜査官、こちらはハンス・デ・ハーン氏、アルデンブルク・ファン・アペルドールン美術館に雇われた美術史家かつ私立調査員だ」

J・Jが「ああ、この事件のあなたのレポート、読みましたよ」と言ったので、ジェイソンはほっとした。J・Jにとっては当然のことではないのだ、異動の日を指折り数えて待っているのだから。

二人が握手を交わし、ジェイソンはデ・ハーンに聞いた。

「我々の車について牧場まで来ますか?」

デ・ハーンがうなずき、一行は揃ってレストランを出た。

レンタカーのエンジンをかけたJ・Jが、エアコンの爆音ごしに言った。

「たった今、将来の結婚相手と朝飯を食ったぜ」

「結婚相手?」ジェイソンは聞き返した。「その相手が一五〇〇キロは離れたところに住んでるのはわかってるのか?」

「知ってるさ。そんなの大したことじゃない、彼女はこの僻地《へきち》から逃げ出したくてたまらないはずさ」

「やれやれ」とジェイソンは呟いて、車のGPSに目的地を入力した。

「あのさ、あんたのお相手のケネディはその倍は離れてるんだぜ。でも文句を言ってる様子はねえよな?」

「俺は我慢強いからね」

J・Jが高らかに笑いながら、車を出した。

ビッグ・スカイ観光牧場では、ゲスト向けにイエローストーン国立公園への日帰りの旅、豊富なハイキングコース、釣りのできるきらめく渓流、それにイエローストーン川での急流ラフティングコースを提供している。

「最高の西部のおもてなしですよ」と受付の赤毛の女性が三人に向けてさえずった。短い黒デニムのスカート、黒い星入りのTシャツ、保安官バッジのレプリカを身につけて、バッジには〈ビッグ・スカイ保安官〉と入っていた。

ジェイソンは「どれも素敵だ」と彼女に答えた。彼とJ・Jは自分たちの身分証を見せ、さらにジェイソンはバート・トンプソンに会いたいと告げた。

赤毛娘は顔を曇らせ、トンプソンを内線で呼ぶとFBIが受付に来ていることを告げ、返ってくる怒号を聞きながら申し訳なさそうにジェイソンとJ・Jを見て、スピーカーの音を抑えようとしていた。

『……くそったれの……地獄へ落ちろ……俺の税金をムダに……』

二人の後ろで苛々と待っていたデ・ハーンが呟いた。

「ほらな?　とりつく島もない」

ジェイソンは彼にウインクし、重々しく受付係に告げた。

「ミスター・トンプソンによく伝えてほしい。我々は、彼の都合のいい時間までいくらでも喜んでお待ちすると」

彼女は咳払いをし、そのメッセージを伝え、相手の反応にたじろいだ。

「その、ボスは今、かなりストレスがかかってましてて」とジェイソンに小声で言う。

ジェイソンはJ・Jのほうを向いた。

「かなりストレスがかかっているそうだ」

「そりゃ大変だ。Wi-Fiのパスワード教えてくれないか?」とJ・Jが受付係に聞いた。

「ロビーで待たせてもらう間、どうせなら報告書を仕上げときたいし」

「名案だ」ジェイソンも言った。「俺も保健福祉省の知り合いに、ストレスについて問い合わせてみよう」

二分二十八秒後、ビッグ・スカイ牧場のボスがその姿を現し、長い廊下奥のオフィスのドアを叩きつけると節だらけの松材のロビーまでずかずかやってきた。

「お前ら〝ノーコメント〟のどこが理解できないんだ?」と言い放つ。

ジェイソンはロイ・トンプソン大尉の写真を数枚見ていたが、甥のバートはロイに似ていた。同じ短い黒髪と鋭く黒い目——ただし甥のほうが背が低くがっしりして、第二次世界大戦中のロイよりもかなり白髪が多い。

「連邦捜査官をマスコミの取材だと勘違いしているところが理解できませんね」とジェイソンは答えた。

バートは、ロビーのテーブルでトランプ遊びをしている客たちに苦々しい目をやった。

「外で話さないか?」

「かまいませんよ。どうぞお先に」とジェイソンは応じた。

一行はバートについて、建物をぐるりと囲んだ広い木製のポーチに出た。

バートがジェイソンに向かって言った。

「あんたたちにはキレッタと話せと言ったろうが。俺からこれ以上何を聞きたいのかわからんね。盗難美術品のことなんか何も知らねえぞ」

「それでもアルデンブルク・ファン・アペルドールン美術館による訴訟で、あなたの名前は、共同被告人としてキレッタと並んでいる」

バートがぐいと胸を張った。

「あんな訴訟に何の意味がある。海外の美術館がアメリカ市民を訴えられるわけないだろ」

「ところがどっこいなんです」とジェイソンは言い返した。「しかもトンプソンと名のつく誰かが協力姿勢を見せはじめなければ、米国政府《アンクル・サム》までそろそろ首を突っ込んできますよ」

J・Jがご丁寧にそこに付け足す。

「俺のパートナーが言ったのは、〝盗品の受領、所有、隠匿、保管、取引、売却、廃棄の共謀罪〟もしくは〝盗品の受領、所有、隠匿、保管、取引、売却、廃棄の罪〟で起訴される可能性がある、ってことだ」

「加えて国税局の調査が入る可能性もあります」

「あるな」とJ・J。

デ・ハーンまで割り込んだ。

「ファン・エイクの絵を個人コレクターに売りとばそうとして美術館との交渉を打ち切ったくせに、今さら誠意のあるふりをしようとしても遅い！」

ジェイソンはデ・ハーンの腕に手をのせた。体が怒りで震えているのが伝わってくる。これはデ・ハーンにとって個人的な思い入れのあることなのだ。失われた美術品を何年も追ってバイエルン州の城へとたどりつき、さらに年月を費やして、その財宝を守る任務についていたすべてのアメリカ兵の行方をつきとめていった。やっとここまで来たのに信じがたい抵抗に遭っては、頭に血が上ってもおかしくはない。

「それは脅迫だぞ」バートが言った。「俺はお前らに答える義務はない、ＦＢＩだろうがなんだろうが」

「それは違う。これは事態が取り返しのつかないことになる前に、あなたに与えられた最後のチャンスなんですよ」ジェイソンは応じた。「誰も大掛かりでややこしい、しかも莫大な金のかかる裁判沙汰などは望んでいない。アメリカ政府も同意見だ」

「でまかせ言うな。お前らは何かありゃ裁判したくてたまらないんだろ。いいか、これだけはただで聞かせてやる。もしロイ叔父がいくつか土産物を頂いてきたとしたって、そんなことはみんながやってたことさ」

時々はジェイソンの話を聞いていたことの証に、それにＪ・Ｊが答えた。

「今回の話は旗だのドイツ兵のヘルメットだの没収した拳銃だのって話じゃねえ。万人に属する、貴重な芸術品の話だ」

「そうさ、万人にだ」バートが熱っぽく返した。「俺たちも入れてな。とにかく俺がわからないのはなあ、何だってアメリカ政府がわざわざせっせかとこんなブツを、そもそも戦争おっぱじめた国に返そうとするんだってことだよ」

「せ、戦争を始めただと……！」

デ・ハーンが激昂して声を震わせた。

ジェイソンにしてみれば、前にも聞かされたことのある論理だ。粘り強く話を続けた。

「そのファン・エイクの絵は、そもそもはベルギーの大聖堂から盗まれたものです。そうした絵画や宝石のほとんどがナチスによってオランダの美術館やユダヤ人家族から略奪されたものだ。ベルギーとオランダの人々にはそれらの財産を取り戻す権利が――法的かつ倫理的な権利が、あるんです」

「あいつらはその財産を――財産だと言い張ってるもんを、守れなかったじゃないか。アメリカ兵が、叔父のような人々が救い出してやったんだ。オランダ人どもは何日ともたずに降伏しやがって」

デ・ハーンの顔が紫色に、それから白く変わった。眼鏡の向こうで穏やかだった目が憤怒に燃え上がる。

「オランダでは二十万人もの死者が――」

「ええ、ひとまずはそこまで」ジェイソンはデ・ハーンに警告の目つきをくれた。「議論の余地はないんです、ミスター・トンプソン。我々の聴取を拒否することはできますが、調査は続きますよ。あなたの非協力的な態度は記録され、いずれあなたの不利に――」

バート・トンプソンは話を聞いていなかった。ジェイソンを見てすらいなかった。彼らの向こうを見ている。

「どういうつもりだ?」と呟いた。

反射的にジェイソンは肩ごしに振り返った。

「ふざけてんのか!」バートが叫んで、ポーチの縁まで出る。「あいつイカれちまったのか?」

ボロボロの白いピックアップトラックが、牧場に向かって土の道を突進してくる。はねる車体はもうもうとした土煙に包まれていた。赤いシャツとカウボーイハットの男が助手席側の窓から半身を突き出し、自動小銃らしきものをかまえていた。

ジェイソンが自分の銃へ手をのばした時、J・Jが呟いた。

「あれってマジでそういうやつか?」

そう、マジでそういうやつだ。

白いトラックがそびえ立つ牧場の木製ゲートの看板下を抜けた瞬間、乗っているカウボーイが発砲を始めた。

3

本能、そして訓練のスイッチが入った。

「伏せろ!」

ジェイソンはデ・ハーンをポーチに押し倒しながら、J・Jが左側に身を投げたのを感じた。ログハウスの壁に弾丸が降り注ぎ、窓が割れて白い木片が飛び、椅子のクッションの詰め物が舞い踊った。建物の中から恐怖の叫びと悲鳴が上がる。

自動小銃の銃声にジェイソンの心臓は激しく鳴りひびき、耳の中で血の音が唸った。その貴重な一、二秒、視野の端が黒く沈む。心から、本当に心から、二度と撃たれたくはない。

「動いて!」

デ・ハーンをうながし、ポーチの端へと這っていくよう押した。デ・ハーンはびくともせず、すくんだ目でどんどん近づくトラックに見入っている。ジェイソンはさっと視線を飛ばし、ログハウスのドアがバタンと閉まってバートの姿を隠すのを見た。J・Jはジェイソンと同じくポーチの板に這いつくばり、大きくなる標的に銃の狙いを定めていた。

二人とも、こうした状況にそなえて訓練されてきている。だが一気に放出されるアドレナリンで気分が悪くなりそうだ。その一瞬ジェイソンの筋肉はこわばり、視界は一点だけに狭まっていた――発砲者のベルトバックルにはねる陽光、運転手のミリタリーサングラス、車内から鳴りひびく音楽。

音楽？

タタタタタッという自動小銃の銃声の向こうから、『オールド・タウン・ロード』の曲が乾いた土埃混じりの風に乗ってきた。

「ハンス、動け！」

ジェイソンはグロックの狙いをつけ、トラックの右前輪へ発砲した。タイヤがバン！とはじけ、トラックが蛇行して右にかしぐとコントロールを失う。車体が回転し出して、バランスを崩した銃手が、自動小銃を振り上げながらなおも発砲を続けた。銃弾がポーチの屋根を引き裂き、木の枝をちぎりとる。空気はツンとして、硫黄とエンジンオイルと発射火薬と木の焦げる臭いがした。

すべてが光のような速さで、なのに同時にスローモーションで起こっていた。ジェイソンの耳にはJ・Jの罵声が、デ・ハーンの祈りが聞こえ、建物内の人々の悲鳴や泣き声も、自分の速くて浅い息も聞こえていた。すぐに息を深く整えようとする。また狙いをつけた。

J・Jが発砲し、銃手はガクンとのけぞってから前につんのめって、傾いたトラックから転げ落ちた。ぬいぐるみのように地面にぶつかる。

　トラックが木に激突し、木製のブランコを庭木の向こうへはね飛ばした。

　ジェイソンが体を起こし、手すりをとび越えて駆け寄ろうとした時、運転席側のドアが開いた。

「頭の後ろで手を組んで車から出てこい。今すぐ！」

　運転手が、顔から血を滴らせながら後頭部で手を組み、よろよろと車のドアの向こうから現れ、跪いて──それからばたりとうつ伏せに倒れこんだ。

　誰にも何も言わせやしねえ……とラジオからの歌声がくり返す。

　ジェイソンは運転手に近づき、ぐったりしている体に銃口を向けて、ピクリとでも動いたら撃つ気満々だった。男の背に膝をのせ、自分の拳銃をホルスターに収めると、力の抜けた腕を背にねじり上げて手錠をかけ、それから逆の腕にも手錠をかけてごろりと仰向けに転がした。

　完全に気絶している。

　そして、若い男だった。二十歳そこそこか。みすぼらしい金髪に、さらにみすぼらしい未熟な顎ひげ。

　なんてことだ。モンタナ州ではこれもご近所付き合いの内だとか？

「ラッセル！」とジェイソンは呼んだ。

「こいつは死んだ！」Ｊ・Ｊが怒鳴り返した。ジェイソンと同じく息が荒く、アドレナリン過剰な声だった。

「ハンス？」

返事はない。

ジェイソンは心配になって振り返った。

ポーチからハンス・デ・ハーンが手を振り、よろよろと立ち上がる。銃弾で穴だらけの椅子にどさっと座ると、両手に顔をうずめた。

ログキャビンのドアが勢いよく開き、人々があふれ出しながら一斉に大声でしゃべりはじめた。

パーク郡の保安官たちのほうがＦＢＩより早く着いたが、それほどの差はない。だが真っ先に駆けつけたのは、ボズウィン警察署のエイモス・サンドフォード署長だった。

どうしてバート・トンプソンがボズウィンの警察署長を呼んだのかは謎だ――ビッグ・スカイ観光牧場とボズウィンは郡すら違うのだ。だがジェイソンとしてはできるだけの協力をしようとしていた。

サンドフォード署長は、どこか虫の居所が悪いホッキョクグマを思わせた。でかい男だ。背が高くがっしりして、肉付きがいい。肥満体ではない（まだ）が、そっちに傾きつつある。目は土混じりの氷の色で、少し長めの褪せた金髪のせいで余計に冬眠途中で起こされた北極の猛獣という印象だった。

署長がジェイソンとJ・Jにガミガミと怒声を浴びせているところに、FBIの車列が長い土の道をやってきて、そのきらびやかな政府の騎馬隊を見ると、なおさらサンドフォードの怒りと声のボリュームが上がった。

「FBIが一言の断りもなく俺の足元をチョロチョロしてるとはどういうことだ！」

「あなたの署に二回メールしました」ジェイソンは答えた。「金曜には電話をかけて副署長と話し、ボズウィンの住人を聴取することは伝えてあります」

「副署長にうちの決定権はねえ」

「あなたからは返事がもらえなかったもので」

「それが俺の答えだろうが！」

ジェイソンは冷静な口調を保とうとしたが、朝の出来事もあり、さらに保安官助手（こっちは少なくともここにいる権利はある）から聴取を受けた後ときては、かなり苦労した。

「署長、それはあなたには決められないことだ。地元の人から聴取するとあなたに通知したのは、礼儀としてです。これは連邦捜査だ、我々には管轄権があり――」

「こいつらを困らせるな、エイモス」いきなりバート・トンプソンが割りこんだ。「FBIだろうがなんだろうが、こいつらに命を救われたよ。うちの客たちもな」

「冗談じゃない」サンドフォードが噛みついた。Ｊ・Ｊに指を突きつける。「この野郎は俺の縄張りで人を殺しやがったんだ」

突然、ジェイソンはもう我慢ならなくなった。

「縄張り？　あなたのところとは郡も違うのに？」

「どこまでが俺の郡かは俺が決める」

は？

これは初めて聞いた。

らしくもなく神妙に罵られていたＪ・Ｊが、ここで反論した。

「あの男は一般市民が大勢いる建物に向けて自動小銃を発砲してたんだ！」

サンドフォードは次の罵倒を放とうと口を開けたが、まさにその時を待って救いの神が、というかＦＢＩのボズウィン地方支部が、雁首揃えて到着し、保安官たちが残した駐車場の空きスペースを車で埋め尽くしはじめた。何のロゴもない公用車が着々と庭をふさいでいく光景にはどこか厳粛な、いっそ不吉なところがあった。

「けっ」サンドフォードがぼやく。「どうせなら黒塗りのヘリもよこしやがれ」

ボズウィンのような小さな地方支部にしては人数が多いようにも見えたが、サムの昔の捜査班が再集結するタイミングだったから、通報を受けた時にミズーラやヘレナの捜査官もいたのだろう。結果として圧倒されるような迫力の一行であった。

FBIは、捜査官が絡む銃撃事件は自分たちで処理したがるのだ。それでこういうことになる。

ジェイソンが見ていると、母屋の前に黒いSUVが停まり、エリナー・フィリップス支部長と、そのたった一人の同乗者が降りてきた。

フィリップス支部長は長身で引き締まった体つきで、体質というよりファッションに見えるそばかすがある。黒いパンツスーツを着てシャンパンカラーの髪をひっつめてまとめていたが、その髪型でも女教師や司書という雰囲気は微塵もなかった。

「サンドフォード署長！」

彼女が雑に手を振ってみせたが、六十人以上に見守られてなければ違う仕種をしていそうだ。仕事に徹した笑顔を見せながらも、フィリップスは署長との邂逅を、相手と同じく、まるで喜んでいない様子だった。

ジェイソンは彼女の同乗者へ目をやる。思いもかけないサムの姿に心臓がはねた。行動分析課《BAU》のサム・ケネディ主任は、お気に入りの黒いスーツにまぶしいほど白いシャツ、ボルドー色のネクタイを着こなして堂々と立っていた。夏のそよ風がのどかに淡い金髪を揺らしていたが、鉄壁の黒いサングラスをかけたサムの表情は険しかった。

そのアフターシェーブローション、麝香《じゃこう》とサンダルウッドの濃密なブレンドが、サムに——そしてフィリップスに数歩先んじて縄張りを主張する。

「問題か？」

サムが、ジェイソンからＪ・Ｊ、サンドフォードへと見回した。

ジェイソンは肩をすくめ、サンドフォードへ向けてうなずいた。

「どうやらその模様ですが、俺にはよく理解できません。我々に選択の余地があったわけでもないし」

「一体どういうことなの、エイモス？」とフィリップスが問いかけた。

サンドフォードが次々と不平不満をぶちまけはじめる。そこにまたもや、バート・トンプソンからジェイソンとＪ・Ｊへの擁護が入った。

「うちの義理の娘が昔つきあってたぼんくら野郎と、そいつの馬鹿な従兄弟《いとこ》がここを銃撃しに来やがったんだよ。パティはここにゃいないって妻が伝えたんだが、ブロディは信じなかったんだろうな。パティがグレート・フォールズの友達のところに行ってて助かった」

サムがぐっとジェイソンの肩をつかむ。

「大丈夫か？」

青いまなざしがじっと探って――分析していた。

ジェイソンはうなずいた。体の震えは止まったし鼓動も元に戻ったが、まだ少しふらふらして気分が悪い。そんな弱音を、何があっても吐くつもりはないが、そうだった。反動だ。単純明快。サムにはきっと見抜かれているだろう、もう一度、くいこむような力で肩をぐっとつかまれた。

二人の関係は秘密ではないがよく知られているわけでもない（今朝の朝食の一件でそれも変わるかもしれないが）。とにかく、職務中はロマンスの相手ではなく仕事仲間として接するのが職場における暗黙の要求であり了解だった。ドラマティックに抱きしめて「無事でよかったダーリン」と言うのもなし。

サムの思いは、肩をつかんだ手にすべてこめるしかなく、ジェイソンの思いは素早くそこに重ねた自分の手にすべてこめるしかない。

フィリップスのヘイゼルの目がそのやり取りを鋭く見ていた。ジェイソンに話しかける。

「今回のことは、あなたの捜査とは無関係？」

「何の関係もないですね。我々はただその場にタイミング悪く居合わせただけです」

「タイミング良くだ」デ・ハーンが反論した。「こちらの捜査官たちは私の命と、牧場にいる皆の命を救ったんだから」

「で、あなたは誰？」とフィリップスが聞く。

デ・ハーンが自己紹介を始めた時、パーク郡保安官事務所の二人の捜査員がやってきた。サンドフォード署長がまたも文句を並べ立てはじめる。

ジェイソンの持ち時間は限られてるというのに、この不運な銃撃事件のおかげで今日という日が無駄に潰《つい》えるだろうことは見るも明らかだった。できるだけ焦りをこらえようとする。

しかも、マスコミがこの事件を嗅ぎつけるのはこれからだ。

ジェイソンとＪ・Ｊは、保安官事務所の捜査員から別々に事情聴取を受けた。基本の手順だし、保安官たちが――サンドフォード署長とは違って――さっさと手を引きたがっているのも伝わってきた。通常、捜査機関はＦＢＩ捜査官がらみの銃撃事件の捜査をＦＢＩにゆずるが、時には自分たちで独自の捜査を行う。どっちだろうとジェイソンはかまわなかった。発砲行為の審問会をどこが開こうと、この発砲は正当だと見るはずだ。

今はたださっさと全部片付けて、自分の捜査に戻りたい。時計は時を刻みつづけている。大音量で。だがその音は、ジェイソンにしか聞こえていないようだった。

フィリップス支部長はしまいにサンドフォード署長をとりなし、サンドフォードはジェイソンに対して「俺の町で誰かを聴取するならその前に知らせろ」と命令した。

だがその頃には、ジェイソンはその偉そうな横柄さが我慢ならなくなっていた。偉そうで横柄な相手にはかなり耐性ができたはずだったが。

「そのつもりはありませんね」とジェイソンは答えた。

それを聞いたサンドフォード署長がまた怒り狂いそうになる。

「少し落ちつけ」とサムがサンドフォードに告げた。サンドフォードの制服の胸元に手を置きこそしなかったが、したも同然の効き目があった。サンドフォードが、見えない鎖で引かれたようにのけぞる。

岩でも砕けぬ壁に出会ったわけだ。

サンドフォードが唾を飛ばしはじめた。

「俺に手出ししてみやがれ――」

サムがニッと笑う。友好的な笑顔ではなかった。

サンドフォードの顔が憤怒の色相に次々と染まった。

「そ、こ、ま、で！」とフィリップスが割って入った。非難の目をサムへ向ける。「誰も誰にも手を出したりしないよ、ボクたち。そしてウエスト捜査官は警察に全面的に協力する」

ジェイソンのほうへ投げられた彼女の視線には強い警告がこもっていた。

ジェイソンは無言でいた。ボズウィン警察署のために自分の行動を合わせる必要などないし、そのつもりもない。フィリップス支部長のことなかれ主義などよりずっと差し迫ったことがあるのだ。

サンドフォード署長が去ると、ジェイソンとＪ・Ｊはボズウィン地方支部への帰還を命じられ、犯罪現場の検証はフィリップス支部長の部下と保安官事務所とがすませた。

緑輝くパラダイス・バレーを抜ける一時間近いドライブの途中、Ｊ・Ｊはほぼ無言だった。抜けるような青空の下、東に広がるアブサロカ・ベアトゥース山脈、西には鋭い峰々に雪をかぶったギャラティン連峰と、息を呑むような絶景だった。

「大丈夫か？」

自分の重い物思いから立ち直って、ジェイソンはそうたずねた。

「当たり前だろ」Ｊ・Ｊがぼそっと答える。「そっちは？」

「ご機嫌だよ」

二人は陰気な目を見交わした。

「心配はいらない」とジェイソンは言った。「発砲行為審議会《SIRG》がきみの不利になる判断をするわけがない」

基本的に、現場捜査官が射撃訓練以外で発砲した場合、ＦＢＩの監査部が発砲行為調査班《SIRT》を派遣する。このＳＩＲＴが目撃証言や鑑識結果から事件を再現し、発砲行為審議会《SIRG》に報告書を上げる。ＦＢＩと司法省の高官で構成されたＳＩＲＧは、報告書を吟味して、その発砲がＦＢＩの殺傷武器使用ルールに照らして正当かどうかを判断する。

「わかってる」Ｊ・Ｊが窓の外を見た。「心配なんかしてねえ」

だろうとも。

二人とも、カムデン島では殺すつもりで発砲した。今日との決定的な差は、あの日は誰も死ななかったという点だ。今日は……二人のどちらも今日を忘れることはないだろう。

ジェイソンは言った。

「ああするしかなかったよ、Ｊ・Ｊ。よく撃った」

Ｊ・Ｊがうなずいた。

ジェイソンが危惧したとおり、午後の残りは銃撃事件の後始末ですぎていった。

ソルトレイクシティＦＢＩ支局のデイヴィッド・ワーナー支局長が、三人いる局長補佐のひとりブライアン・ドゥレイニーと一緒に飛行機でやってきた。司法省の弁護士が別の便で到着し、さらにＦＢＩの現場職員組合から代理人が二人来た。

ジェイソンとＪ・Ｊはふたたび別々に、長時間の聴取を受けた。

そのほとんどが基本的な、事実確認の類だった。デイヴィッド・ワーナー支局長はジェイソンに対して三回、それも別の切り口から、発砲者ではなく近づく車のほうを撃った理由をたずねた。

ジェイソン自身そこはさだかでなかったが、素直にそう認めるわけがない。

「接近する車のほうが、人々に——一般市民に対して、より脅威になり得ると考えました。俺とパートナーに対してだけでなく」

「それは理性的で分析に基づいた判断か？」とドゥレイニーが踏みこんでくる。

「とっさの勘です」ジェイソンは認めた。「あらためて振り返るとそうだったということです」

ボズウィン地方支部の管理官ジェイムズ・サラザールがたずねた。

「きみのパートナーが発砲者のほうを狙ったのは何故だと思う？」

本当に聞きたいことはそれなのだ。J・Jには選択肢があったのか、あるいは殺す必要のない場面で射殺という手段を選んだのか。

ジェイソンは注意深く答えた。

「ラッセル捜査官は、発砲者のほうが切迫した脅威であると、正しく認識していたと思います。そして彼――ラッセル捜査官のほうが相手を狙いやすい位置にいることも。それもまた、今思うと、俺が車を狙った理由のひとつでした。射手はラッセルが撃つとわかっていたので」

「見事な連携というわけかな」

フィリップス支部長は中立的だったが、その問いには疑いがにじんでいるようだった。前日に会った時は感じが良かったのに、この午後になって、ジェイソンは彼女から嫌われてるというはっきりした印象を抱いていた。

「我々はパートナーを信頼しろと教えられますから」とジェイソンは答えた。

さらに続く。同じ問いが形を変えてくり返される。だがしまいにジェイソンは解放され、J・Jがかわりにまた呼びこまれた。

サムは、当然、この聴取には加わっていない。遅い昼食を食べに出たジェイソンは、ざっとあたりを見回してサムを見つけた。会議室の窓ごしに見かけた彼はノートパソコンや携帯電話、ファストフードの容器が散らばる長机の前に座り、見るからに一言一句聞き洩らすまいとしている一群の捜査官へ向けて何か話していた。

そして誰よりも食い入るように聞き入っていたのはトラヴィス・ペティ特別捜査官――神とあがめる行動分析課《BAU》のサム・ケネディの左隣に座る彼だった。

午後遅く、フィリップス支部長がジェイソンを自分のオフィスへ呼び、ソルトレイク支局長のワーナーが今から公式記者発表を行うと告げた。

「そうですか。わかりました」

ジェイソンは不安な気持ちで、ワーナーが望ましくない新展開で驚かせてくるつもりなのかと勘ぐった。フィリップスの表情がどこか妙なのだ。

フィリップスが言った。

「ケネディ主任によれば、あなたにマスコミの注目が当たるのはどんな形でも望ましくないということだから、こうしてあらかじめ言っておきます。うちは地元の新聞社と友好的にやっているから、この建物の中に記者がいることも多い。一、二時間、オフィスにこもってブラインドを下ろしておくほうがいいでしょうね」

たしかに。この事件が全国ネットに拾われて、ジェレミー・カイザー――今大人気のサイコなストーカー――がたまたまテレビをつけてジェイソンのこの先数日間の居場所を知るなんてことがないとは言えない。

いささか情けない。こんな危険が潜在していると思い至らなかったことにも。そしてジェイソンは、ジェレミー・カイザーが虎視眈々と潜んでいるという事実を突きつけられて少し苛立ってもいた。この二ヵ月カイザーの影すらなかったというのに、名を聞くだけでたちまち胃が緊張で固くなる。

フィリップスの目に、好奇心がちらりとのぞいていた。

「どうも」とジェイソンは言い、自分とJ・Jに用意された臨時オフィスへと戻った。

残りの午後はメールの返信をしたり、LA支局での直属の上司ジョージ・ポッツ管理官と話して終わった。

『J・Jは発砲をどう受け止めていると思うかね?』とジョージがたずねた。

「俺には何とも。多分、俺が同じ立場になるよりしっかりしてますね」

無論そんなことを認めるべきではないのだが、ジョージならわかってくれるだろう。現場にいた間のジョージは一度たりとも訓練以外で発砲したことがなかった。

『もし彼に必要なら、サポートの準備はある。ワーナー支局長と話したんだ。きみたちの捜査だが、ソルトレイクシティの美術犯罪班に引き継いだほうがいいとは思わないか? 結局のところ、彼らのお膝元なのだし』

ジェイソンはつき上げてくる不安を押しこめた。

「いいえ、複雑な一件なので。ジャネールに現況を引き継ぐだけでもきっと手間がかかりすぎる。時間が鍵なんです。あの一家が法的なゴタゴタを避けようと、保有を否定している絵画を破棄するような手段に出られたら大変だ」

ジョージの返答を待つ間、ジェイソンの髪の生え際と腋に汗がにじんだ。

『そうか』ついにジョージはそう言った。『しかしワーナーは、人手はあると言っている。そしてきみのほうはこちらでもたっぷり自分の案件を抱えているし』

「わかってます。しかし今回は、引き継ぎで何か見落とす危険を冒すにはあまりにも重要な案件ですから。それにデ・ハーンはLA支局に話を持ってきたのだし」

それは奇跡のような出来事だった。デ・ハーンはたまたま、ジェイソンがロサンゼルス郡の美術館と協力してナチスが略奪したゴッホの絵——五十年以上その美術館に飾られてきた絵を、正当な相続人に返還しようとしているという記事を読んだのだ。

歴史的に（そして未だにあまりに多く）、美術館やギャラリーは盗難美術品の返還を嫌がるし、まともな協力姿勢すら見せない。だからその記事でのジェイソンの仕事ぶりがデ・ハーンの目に留まったのだった。

ジョージが渋々ながら言った。

『まあ、自分の存在が今回の捜査に不可欠だと、きみが言うなら……』

そう言われるとやけにジェイソンが自信過剰に聞こえる。だがジェイソンはこの捜査の一員として残るだけでなく、捜査方針を主導する必要があるのだ。

彼は「不可欠だと思います」と答えた。

『わかったよ、ジェイソン』賛成というより根負けしたような口調だった。『それが向こうの美術館の意向だし、きみがここまで進めてきた仕事だ。我々が扱う必要性を、ワーナーに伝えておくよ』

ほっとして、めまいを覚えていた。

「ありがとう、ジョージ。一分たりとも必要以上の時間はかけずにすませますから」

それは真実だった。ジェイソン以上にこの件がすみやかに、静かに片付くことを願う者などいないだろう。


五時すぎ、ジェイソンが犯罪捜査部の窃盗課主任カラン・キャプスーカヴィッチとの電話をちょうど終わらせた時、誰かがドアを叩いた。サムがひょいと顔をのぞかせる。

「どうも」とジェイソンは微笑んで挨拶した。

「ああ」サムの顔に笑みはなかった。「悪いな」と声を下げる。「今夜は捜査班のメンバーと夕食に行く」

よりによって今日。だががっかりはしていたが、サムの毎晩の予定が埋まるのはわかりきったことでもあった。地元の捜査官たちとの食事は、特にサムの立場では毎度のことだ。ジェイソンは笑顔を崩さなかった。

「やっぱり」

視線が、サムについてきて廊下にいるトラヴィス・ペティへと向く。ペティへ礼儀正しくうなずくと、ペティも同じようにうなずき返した。

「後で電話するか？」とサムがもっと声を落とす。

「ですね。待ってます」

サムの目をチラッと笑みがよぎって、だがすぐにいつもの読めない表情に戻った。

そっけなくひとつうなずき、彼はジェイソンのオフィスの扉を閉めた。

4

午後六時近く、ついにＪ・Ｊの事情聴取が終わり、上官たちや法務の専門家たちが帰りの飛行機に間に合うように出ていった。

ジェイソンはＪ・Ｊと話をしようと、帰らずに待っていた。仲がいいわけではまったくないが、パートナーならそうするものだ。肩を並べて命がけで戦ううちに絆が生じる、と言われるのは根拠のないことではない。

J・Jの顔からは疲労しか読み取れず、特に報告することもないようだ。「もう帰れるか?」とジェイソンに聞いてくる。

「ああ。夕飯でも食いに行くか?」

J・Jがさっさと荷物をまとめはじめた。

「やめとく。デートがあるんだ」

「誰と?」

馬鹿か、という目を向けられた。

「マルティネスとだよ、当たり前だろ?」

ジェイソンの顔に驚きが出ていたのだろう、J・Jが顔をしかめた。

「どうせ座ってあれこれ話したってどうにもならないんだ。切り替えねえと」

「ああ。たしかに。わかるよ」

「それに、あと何日かしかこっちにいられないんだ。チャンスを無駄にしたかない」

「ああ、もちろんだ。いいと思う」

J・Jはマルティネスに対して本気なのか? 一目惚《ひとめぼ》れするタイプだとは思ったこともないが、それにしてもいつもと態度が違いすぎる。

「それに、俺があんただったらな、自分の判断を疑って一晩中悩んだりはしねえよ」

発砲のことか？　まさか、ジェイソンは今朝の自分の行動を疑ってなどいない。今、当初のショックがおさまってみると、硬直せずにいられた上に自分やパートナーや背後にいた誰かが撃たれずにすんでただほっとしていた。

それ以外なら……そう、ジョージやカランと話して、あらためて自分が倫理的なグレーゾーンにますます深くはまりこんでいることを思い知っていた。

この捜査を行うには自分こそ最適だと、事件のあらゆる面に精通していると──事実そのとおりだが──主張した以上、後になって事件との個人的な関係に気付いていなかったという言い訳は通るまい。

こんな立場が嫌で仕方ない。愛する職を、誇れるキャリアを危険にさらしているという自覚が、ほとんど物理的な重さで心にくいこむ。ただ、ほかの道がどうしても見つからない。

「アドバイス、参考にするよ」

「しないだろ、あんたは。でも俺が正しいからな」

J・Jはまだ銃撃事件の話をしている。まだそれに整理をつけようとしている。そして彼の言葉は正しかった。あのぞっとする一瞬を思い返したところで何にもならない。二人は撃たれずにすんだ。二人は職務を遂行し、市民とその財産を守るために必要な行動に出たのだ。

その行動の結果を背負って生きなければならないのはJ・Jのほうであり、なら遠い地方支部の捜査官とすごす一夜で気がまぎれればそれは幸いだろう。

ホテルで別行動になる時、ジェイソンは彼に声をかけた。

「いい夜を」

「トラブルに近づくなよ」とJ・Jが答えた。


「あの銃撃が美術品と無関係だなど、まだ信じられない気持ちだよ」とデ・ハーンが言った。

二人はクラブ・タヴァン&グリルで夕食をとっていた。いかにもアメリカというメニューとビールや酒を取り揃えた、意外なほど居心地のいいダイニングバーだ。

今日の一件でまだ気が張りつめていた。ジェイソンは一人でいたくなかったし、捜査班の面々と出かけているサムを想像したくもない——もっとはっきり言うと、サムに心酔している二枚目のあのトラヴィス・ペティとサムが仲良く並んでいるところを想像したくもなかった。

そこでデ・ハーンに電話すると、デ・ハーンがホテルまで迎えに来てくれた。

「わかります。でもやはり違うようです」ジェイソンは答えた。「ブロディ・スティーヴンスは別れた恋人に怒りを抱き、彼女の親の家と仕事場を銃撃することで彼女に思い知らせようと考えた」

「きみらアメリカの銃社会ときたら」

ジェイソンは溜息をついた。多くの警官や捜査官たちと同じく彼も、アメリカ国内のあらゆる単細胞が自分の銃を持てる状況をありがたく思ってはいなかったが、今話したい話題でもない。

デ・ハーンがボズウィンビールのグラスを下ろした。

「あのトラックがこちらに突っ込んできた時、てっきりあれは……」

その先を続けなかったデ・ハーンを、ジェイソンは不思議そうに眺めた。

「トンプソン大尉の略奪美術品コレクションと関係があると思ったんですか？」

「とてつもない金額が絡むものだ」デ・ハーンが答えた。「もっと少額でも人を殺す人間はいる」

「たしかに」

間違いない真実だ。再発見された絵画のうち二枚——ビアージョ・ダントニオの『ウェイイ包囲戦』やエミール・ノルデの『ケシとバラ』には、間違いなく百万ドルの値はつくだろう。

ジェイソンは言った。

「もしフェルメールの絵が本当に実在するなら……そうですね、ガードナー美術館から盗まれた『合奏』がもし発見されたら、オークションで一千万ドルは下らないでしょう。『手を洗う紳士』ならば、おそらく……」

「はかり知れない価値がある」とデ・ハーンが呟き、ジェイソンもうなずくしかなかった。

それでも、デ・ハーンだけでなく自分に言い聞かせるために口を開く。

「トンプソンが掠《かす》め取った絵画が本当にフェルメールである可能性はかなり低いですよ」

「〈無題。影像や美術品のある透見《すかしみ》の部屋で男が手を洗っている〉」とデ・ハーンが引用した。

そう、その説明文は、ディシウスの遺品売却オークションの目録に載っていたタイトルにきわめて近い。

とはいえ、それでも詩人の言葉を借りるなら——はるかに遠し。

「どうして無題なんでしょうね」とジェイソンは思いを馳せた。

デ・ハーンがクスッと笑った。

「きみはひそかに美術史家なんじゃないか、ジェイソン」

「ひそかというわけでもないです。俺は美術史の修士号を持っているので」

「ああ！　なるほどね。だからこそ、美術品を正当な所有者に返そうとする良心があるわけだ」

「美術犯罪班《ACT》所属の誰もに同じ良心がありますよ」

ジェイソンはそこを指摘せずにはいられなかった。

デ・ハーンは取り合わずに肩をすくめた。

「絵の話に戻ると、ディシウスの目録でしかあの絵は言及されておらず、それもフェルメールの死から二十年後のことだ。それまではパトロンだったピーテル・ファン・ライフェンのコレクションにあった可能性が高い」

「そうとも限りませんよ。フェルメールの晩年の作品の一枚なのかもしれません」ジェイソンは答えた。「だから無題なのかも。未完成ということもあり得る」

「フェルメールはあまり題を重要視しなかった」とデ・ハーンが指摘する。

「たしかに」

食事がやってきたので、ジェイソンは口をつぐんだ。デ・ハーンには〝カリフォルニア風〟ステーキサンドイッチ、ジェイソンにはステーキサラダ。出張先で健康的な食事を取るのは一苦労だ。最近では、食事を取るのすら一苦労だった。ウェイトレスがソースと酒のおかわりを取りに去っていくと、ジェイソンはたずねた。

「どんな絵か、想像したことはありますか？」

デ・ハーンの顔が輝く。この手の議論は美術史家にとって肉と酒にも等しい。

「『恋文』のような絵ではないかと思うね。フェルメールは奥のある部屋の構図を少なくとも二回試みているが、『恋文』の出来が一番いい」

「その前に『眠る女』でも試していますね」ジェイソンはうなずいた。「だがその視覚効果は『恋文』ほど見事なものではない」

「〝Doorkijkje《ドアケイキエ》〟」

「〝開口部ごし《ドアケイキエ》〟」とジェイソンはくり返した。「同時代のオランダ絵画によく用いられていた構図です」

「そう、そのとおり。その時代の風俗画で使われなかったものを知っているかね？　オランダ絵画に一度たりとも現れなかったテーマやイメージを？　手を洗う男性だよ」

「そうなんですか？　知らなかった」

「そうだとも。あのフェルメールの絵は、さまざまな意味で独特なものなのだ。当時のオークションで九十五ギルダーで売れたのは知っているかな？　あのオークションでのほぼ最高値だ」

「ええ、それは知ってます」

少しの間二人は黙って座ったまま、思いを馳せながら微笑んでいた。

デ・ハーンはふと現実に立ち戻ったらしい。小さく頭を振る姿が、またもジェイソンにコウノトリを想起させる――今日は心地いい白昼夢から醒めたコウノトリを。

「キレッタ・マッコイが、明日姿を見せないのではないかと懸念しているよ」

火曜の午前十一時に、彼らはトンプソン大尉の姪キレッタと、彼女の弁護士のオフィスで会う約束を取り付けていた。

「来るでしょう」ジェイソンは答えた。「だから弁護士事務所を指定したんだと思います」

「彼女は今のところ口先だけだ」

残念ながらそのとおりだった。

ファン・エイクの絵が売りに出されていることを聞きつけてアルデンブルク・ファン・アペ

ルドールン美術館のキュレーターは、トンプソン家に取引を申し入れたのだ。トンプソン家は——少なくともキレッタは——その申し入れを検討するそぶりだけ見せ、結局はもっと高値をつけた個人コレクターに応じることにした。『数字から判断しただけで、気持ちの問題ではない』と。そう言ったところで、美術館にとってはそれこそ気持ちのこもった問題だ。思い入れは深い。そして民事の訴訟が起こされ、ＦＢＩにも連絡が来た。

トンプソン一家が、叔父のロイ・トンプソン大尉が戦地から持ち帰った美術品について正当な所有権を主張していると、ジェイソンが知ったのはその時だ。モニュメンツ・メンの副長からその行為の許可が出ていた、という主張を。ジェイソンが誰よりもよく知る人から。ジェイソンに泳ぎを教え、川釣りを、射撃を、ひげ剃りを、蝶ネクタイの結び方を教えた人。そしてなにより芸術を、その歴史を——そして文化そのものをも——愛する心を教えてくれた人。祖父《グランパ》ハーレイほどジェイソンに影響を与え、人生の指針となった人はいない。

今、ジェイソンは答えていた。

「わかってます。今日バート・トンプソンと話した感じでは、彼らは本気で、海外から訴訟を起こされるとは考えていなかったようだ。しかしすでにアメリカ政府が乗り出し、ＦＢＩが押しかけてきた以上、彼らも動きを見せるでしょう。根っからの犯罪者というわけでもないのだし」

「彼女が明日姿を見せなければ、家へ行って話をするよう求めるつもりだ」

「それはやめておいたほうがよいと強く進言しますが」

「あの略奪者どもを逃してたまるものか」

「お気持ちはわかります。本当に。ただ、信用してくれませんか、明日は俺に話をまかせてくれたほうが順調に進みますから」

デ・ハーンはしかめ面になった。ビールを手にして飲む顔は頑固そのものだ。

ジェイソンは言った。

「心に留めておいてほしいのは、トンプソンの姪と甥は、絵やほかの品の来歴について知らなかった可能性があるということです。子供の頃から叔父の家でそれらの品々を見てきたかもしれないし、自分たちが家宝を相続したと心底信じていたかもしれない」

デ・ハーンは反論しようとしたが、ジェイソンはかぶせた。

「今は判断を保留しておいても害はないでしょう?」

「いずれわかる。私が彼女と話をするのを止めることは、きみにはできないぞ」

「ええ、できませんね」ジェイソンは答えた。「しかしあなたも、相手に話を強いる権利はない」

「きみにもないように見えたが?」とデ・ハーンが言い返す。

「答えるよう強制することはできませんね、ええ。しかし彼女や弟に法的圧力をかけることはできます。そういうことは最後の手段にしておきたい。追い詰められたと感じれば、彼らが残りの美術品を破壊する可能性が出てきかねない――本当に所有しているならですが」

デ・ハーンの手が震えた。マグを下ろす。

「加えて、あなたが聞き出した内容は裁判では証拠能力が認められない可能性があり、そうなると俺の仕事が余計にややこしくなります」

「あの家族はファン・エイクの祭壇画を、アルデンブルク・ファン・アペルドールン美術館と交渉するふりをしながら裏で売りとばそうとしたんだ」デ・ハーンがその話を持ち出した。

「信用ならない」

「そのことは忘れていませんよ。別に、あの家族の話を額面どおり信じろって言うつもりはないんです。ただそうやって売ろうとしたあたり、彼らは絵に対して思い入れがないということは頭に入れておかないと」

デ・ハーンはじっと考えこんだ。肩を落とす。

「よくわかった」

「俺もわかっているつもりです。あなたは長いこと、この一件を追ってきたから」

「二十年近くになるよ。私が大学院生で、略奪され失われた絵画を、美術館の理事会に雇われて探しはじめてからね」

「思った以上に長いんですね」

フレッチャー＝デュランド画廊を有罪にしようというジェイソン自身の奮闘を、つい振り返ってしまう。

「そう。人生の半分近い。それどころか、この追跡は私の人生そのものだ」デ・ハーンは少しの間、物思いに沈んでいた。「結婚しているかい、ジェイソン？」

「いいえ」

「だが誰か大事な人はいる？」

ジェイソンはサムのことを思い、小さく微笑んだ。

「ええ」

「私にもいるんだ。アンナという名の女性だ。五年になる」

幸い、デ・ハーンの思いはキレッタ・マッコイへの不意打ち訪問からそれたようだ。

「何をしている人なんです？」

「アムステルダム美術学校で建築を教えている。彼女は、子供をほしがっているんだ。この件が解決したら子供を持とうと、二人で約束した」

「素敵ですね。それにもうそれほどかからないでしょう。少なくとも、あなたの仕事は終わりになる」念のために言っておかねばと続けた。「事件そのものは、裁判が長引くかもしれませんが」

「何年にもな」デ・ハーンがうなずいた。「トンプソン一家を交渉のテーブルにつかせることができなければ、ほぼ間違いなくそうなるだろう」

「交渉のテーブルとは、まさしく。しかしこちらにもまだいくつか切り札があるので」とジェイソンは保証した。

デ・ハーンは疑い深い顔だった。

夕食がすむと、デ・ハーンは自分が払うと言い張った。

「今日、きみには命を救われた。せめてこれくらいはさせてくれ」

「俺の仕事ですから」とジェイソンは返した。「同時に、好きでやっていることでもある」

デ・ハーンも頑固に「私も好きできみに奢《おご》るんだ」と言った。

「じゃあ、わかりました。ありがとうございます」

二人は夏の夜へと歩き出す。九時半でもまだ薄明るい。デ・ハーンが車でジェイソンをホテルまで送って降ろしてくれた。

サムの夕食がもうじき終わってくれるといいのだが。ジェイソンはホテルのロビーにあるバー、ドライ・フライ・サルーンで酒をたのみ、三杯目のカミカゼを飲み干す頃――ここはカクテルグラスなので量が少ない――サムが、十一時少しすぎに歩いて入ってきた。

その刹那、ジェイソンはただ、見られてることに気付いていないサムを楽しく眺めた。

もっとも、サムはいつもどおりのサムだ。なにしろ人に見られていようがいまいが関心がない。

大きな男だった。人間としての存在感もあるし、体も大きい。背が高く、戦艦かという肩幅を持ち、ランナー特有の筋肉質で長い脚をしている。スーツが似合うし、裸はもっといい。四十六歳という歳なら少々のたるみとかゆるみは許されるだろうが、しかしながらサム・ケネディの体には余分な肉など一グラムも存在していなかった。毎日走り、ボクシングをし、ウエイトトレーニングをし、定期的に筋トレを行い、食事に気を使い、煙草は吸わず、酒量を増やすのは週末の休みだけ——休みなどどうせほとんどないから数にも入らない。

健康維持ということにかけては、サムはやや偏執狂的と言えたかもしれない。己の使命に対して偏執狂的なのと同じく。普通の人なら〝仕事〟と呼ぶ、使命。

その点はジェイソンが文句を言えた筋合いではない、なにしろ家族も友人も、ジェイソンをワーカホリックと呼ぶ。むしろ、仕事へのその……価値観？　を共有しているおかげもあって、二人の遠距離交際がなんとか続いているのだろう。長期間会わないでいることを、交際が続いていると言えるなら。

とにかく、ジェイソンとしては近頃のサムが前より少し……リラックスしているとまではいかないか。だが、おだやかに見える気がしていた。なんとカウンターごしにフロントの娘に微笑まで見せている。まあ笑顔は言いすぎだが、それでも一瞬頬がゆるんでいた。

幸せそう——。

その言葉は使えるか？　幸せなんて言葉が、サムの辞書に存在しているだろうか。別にサムが不幸せそうに見えたことなどないが。ただ幸福という概念そのものが、サムの鋼の刃のような精神の前では薄っぺらいものに思えた。

だが、そう、サムが普通の人間だったなら、この頃前より幸せそうに見えるという表現を、ジェイソンも使っただろう。

そんな考えに口元を上げ、ジェイソンがまだサムを見ていると、サムがふと顔を向けてジェイソンを見つけ、そして微笑んだ。

今回は本物の笑み。目に光がともり、表情がやわらかくなった。

ジェイソンの心臓がくるりと跳ねる。

サムがまっすぐにやってきた。

「やあ。待たせたか？」

ジェイソンは肩をすくめた。

「それほどは。夕食会はどうでした？」

「長かった」サムはジェイソンを眺めた。「もう一杯飲んでくか？」

ジェイソンは迷う。「あなたは？」

「いらない」

ジェイソンの笑みが大きくなった。

「俺も、もういいです」

5

「例の共通の友人について何か知らせは？」

エレベーターの中でジェイソンは、ネクタイをゆるめているサムにたずねた。

サムが何か知ったならすでにジェイソンにも知らされているだろうが、それでも聞かずにはいられない。

「ない」

返事がぶっきらぼうなのは、失敗を認めるのが嫌いだからだ。たとえサム自身の失敗でなくとも。

ドクター・ジェレミー・カイザーは姿を消した。四月にトロントの会議に出席してみせた後で。あの会議にカイザー本人が出たのかどうかすら怪しいと、ジェイソンは信じていたが。身代わりを送って、その間カイザー本人はロサンゼルスに来ていたに違いないと確信している。カイザーからのカードが、ジェイソンの住むベニス・ビーチの家のポストに直接投函されていたのだ。ジェイソンがワイオミングで療養している間に。

ただサムにも指摘されたように、会議にカイザー本人が出ていなかった証拠はない。カードも、カイザーが雇った相手か友人が投函したのかもしれない。

カイザーのような男に友人などいるだろうか？　それとも共犯者と呼ぶべき存在か？

あのぞっとするカード以来、カイザーからの接触はまったくない。

もちろんいいニュースだ。それなりに。

それだけでは十分ではないと、ジェイソンは感じていたが。

「カイザーの捜索は続行中だ」と言って、サムがためらった。「あいつを指名手配リストに入れるかどうか、論議になっている」

その論議についてはジェイソンも知っていたし、論点も理解できる。ジェイソンを襲撃したのがカイザーだという直接の証拠はない。カイザーが何かの法を破ったという証拠もない。ジェイソンに送ったカードの文面にもはっきりした脅しの言葉はない。

指名手配という提案が出てきたこと自体、ひとえにジェイソンがＦＢＩ捜査官だから――それも政界とつながりの深い捜査官だからでしかなかった。

「あいつはもう、興味を失ったのかも」とジェイソンは言った。

期待くらいしてもいいだろう。

サムが首を振った。

「そうは思わん。興味を失ったなら隠れるのをやめるはずだ」

「ＦＢＩ捜査官への誘拐未遂の容疑者になっているのはわかっているでしょうし」

「その情報はマスコミには出ていない」

「でも――」

「ああ、奴は自分が捜査対象だとわかっているだろうが、それは理由の一部にすぎない。俺の見立てでは、カイザーの潜伏は、何らかの計画が進行中であるという兆候だ」

「やった」ジェイソンは考えこんだ。「潜伏しているわけではないのかも。死んでいるとか」

それだって期待してみてもいいだろう。

「なら死体が出てくる」

もっと反論したい衝動を、ジェイソンはこらえた。脅威の存在を口先ではぐらかしたいだけなのだ。危機が現実的でも差し迫ったものでもないと、思いこめるものなら思いこみたい。

残念ながら現実なのだが。

エレベーターがサムの部屋の階に停まり、チンと音が鳴ってドアが開いた。


サムの部屋はジェイソンの部屋とそっくりだ。中間調の色合いもそっくり、ひと山いくらで買えそうな壁の絵もそっくり、平凡そのものの家具もそっくり。鏡付きの机、キングサイズのベッド、座りやすいことになっている椅子一脚、テレビとコーヒーメーカーがのったドレッサ

ー。小さなバルコニーからは木が茂る駐車場が見下ろせ、影に沈む山脈の景色も見えた。サムの、荷ほどきもされていないスーツケースがベッドの足元に置かれている。

サムは鍵を、コーヒーマグや人工甘味料が載ったトレイに放りこんだ。ジェイソンのほうを向く。

「さて」

ジェイソンはサムの目に微笑みかけた。「さて」

二人はキスをした。温かく、じっくりと。ジェイソンの内側のこわばりがすべてほどけていくのがわかる。

サムがまたキスをして、言った。

「お前があの牧場の前庭に立っているのを見た時から、こうしたくてたまらなかった」

「俺もです」ジェイソンはニヤッとした。「やってたら何人かに睨まれたでしょうね」

「何人かにな」サムの青い目は貫くようだった。「お前、本当に大丈夫か?」

「平気です。もちろん」

サムは少しの間ジェイソンを眺め、判断を下している。その精神鑑定にジェイソンが合格したらしく、サムは次にたずねた。

「ラッセルは平気か?」

「わかりません。まだ実感がないのでは」

サムがうなずき、同意した。

「お偉方がソルトレイクからすっ飛んできましたよ」

「そりゃそうだろう」サムがじろじろとジェイソンを見た。「発砲審議会を心配しているわけじゃないだろうな？」

「いいえ。あれは正当な発砲だった」

「たとえそうでなくとも、ＦＢＩが捜査官の責任を認めることは滅多にないからな」とサムが皮肉っぽく応じた。

まさしく。二〇一一年から現在までの二二八件の発砲事件において、ＦＢＩの内部監査で銃器使用を不適切とされたのはたった五件、そのどれも死者はいない発砲だった。もっとも、それなりの理由もある。都会の警察と異なり、ＦＢＩ捜査官たちはより年上でいい訓練を受け、経験豊富だ。そしておそらく大きな差として、ＦＢＩ捜査官たちは通りをパトロールしたり犯罪のさなかの何が起きるかわからない現場に駆けつけることはない。ＦＢＩがやってくる時は、圧倒的な人数と、練り上げられた戦略もセットだ。

「今回は白黒はっきりしてます」ジェイソンは言った。「撃ち返すか死ぬかだった」

サムがむっつりと言った。

「俺にもそう見えた。お前の捜査とは無関係だと思うか？」

「そうですね。つまり、ええ、そう思います。確信もあります。あの発砲が無関係だということにはさして疑問の余地はないかと。単に、たまたまおかしなタイミングで俺たちが居合わせたってことだけです」

「お前の証人にとっては幸運だったな」

「ええ」

「大騒動になる前にその男から話は聞けたのか？」

「まあ、多少は。非協力的で」

初めてのことではなく、ジェイソンはサムに打ち明けることを考えた。サムはもちろん、今回の捜査の骨子は知っている。サムが知らないのは、トンプソン大尉が絵画や美術品の横盗り行為についてジェイソンの祖父を巻きこんでいるということだ。

サムがそれを知ったなら、まず間違いなく捜査から手を引けとジェイソンを説得するだろう。ジェイソンだって誰かほかの捜査官がこの状況だったら、そう説得する。

サムの手がさっとジェイソンのベルトの内側へ、ジーンズと下着の中へと滑りこんできた。

「痩せたな、ウエスト」

いきなりの愛撫にジェイソンはビクッとした。答えもせずに、顔を上げてサムの唇を見つけ、キスをする。

サムもキスを返して、だが呟いた。

「お前が心配だ」

ジェイソンは首を振った。

「平気です。俺は大丈夫だ——それに、年二回の体重測定をしてもらいにここに来たわけじゃないですよ」

サムが眉を上げた。

「違うのか？　なら何をしに来た？」

ジェイソンはのどかに天井を眺めてみせ、心を決めかねているふりをした。

「そりゃ、年二回のセッ——」

サムが笑って手を引き抜き、ジェイソンの尻をぴしゃりと叩いた。


サムは、明かりをつけたまま愛し合うのが好きだ。

「お前を見ていたい」とごくシンプルに言った。「お前の目をのぞきこむのも、顔を見るのも好きだ。お前はとても表情が豊かで、それが……楽しい」

ジェイソンは顔をしかめて——ほら表情豊かだろう——それから笑い出した。ジェイソンとしてはできるだけ多くサムとセックスしたいという以外のこだわりはない。まあたしかに、サムの肩ごしにじつに退屈な、業者からのレンタルに違いない花の絵を眺めなくてもすむならそのほうがいいが。だがジェイソンが本気で見たいのはどうせサムだけなのだし。

やわらかに、少年めいて額にかかった金の前髪（サムに少年っぽさなどほとんどないのに）、険しく引き締まった頬に紺色に落ちた睫毛の細長い影、ジェイソンを突き上げながら下唇を嚙む白い歯、ジェイソンの顔をまっすぐ、まばたきもせず見つめる青い目の強烈さ――。

セックスの間いつもは口数少なく集中しているサムだが、今夜は切れ切れに、熱っぽい言葉を口走っていた。

「最高だ……きれいだ……お前が、ほしくて、たまらない……」

長い突き上げが速くなってジェイソンは喘ぎ、腰を押し返して、快楽の渦と容赦ない大波に身をゆだねる。

サムがいつも寡黙なように、ジェイソンは常に騒がしい。

「あっ、あああっ……。ああ、凄い……凄い、サム――んっ、サム……そこ。それ、もう一度そこ――あああ……」

よくサムは笑い出してジェイソンの唇をキスでふさぐものだったが、今夜は違っていた。今夜はただ没入している。彼がジェイソンを心配したことも、そして深い、言葉にしがたいところから湧き上がる感情を振り払いたくて反応していることも、ジェイソンにはわかっていた。

サムが優しく、強引にジェイソンにキスし、舌で唇をこじ開け、ジェイソンのすべての反応を、息を吞み干そうとするように、目をとじた。

ついに絞り出すような長い、長い呻きとともにサムは達し、痛むほどジェイソンの手を握りしめて全身を震わせ、ほとんど苦悶のような荒々しいオーガズムの中で甘く粘る熱を放った。


その後、二人は琥珀色のランプの光に照らされながら、お互いを抱いていた。

「モンタナをどう思う？」

サムが気怠げに聞いた。ジェイソンの手を持ち上げると、どこか上の空で手のひらにキスし、自分の締まった腹の上へ置く。

「広い。山が多いですね。どうしてです？」

「気に入ってる」

「それってつまり……ここに住んでもいいくらい？」

サムが肩をすくめた。

「さてな。お前にも口うるさく、いつか引退する日が来るって言われてるからな」微笑んでジェイソンの腰についた日焼けの境界線をなぞる。「そりゃ海からはかなり遠い――それにお前は半分魚だからな」

モンタナには惹かれるところも、たしかにある。間違いなく美しいところだ。ジェイソンが訪れた中でも最高に近い絶景と言ってもいいだろう。

とは言っても、地理的な問題だけではないのだ。ジェイソンのキャリアは軌道に乗っており、その勢いは所属支部とも無関係ではない。ＬＡ支局は国内でも最大級かつ最重要な支局のひとつだ。ロサンゼルスという都市も、アメリカにおける美術業界の中心地と言ってもいい。ジェイソンにとってほかの街では得られないようなチャンスが、あそこにはある。少なくとも僻地にはないチャンスが。

それに、ジェイソンの両親は老齢だ。モンタナのどこからだろうと、急に帰ろうとしてもロサンゼルスは遠い。

「ここの冬に慣れるのは大変でしょうね」とジェイソンは言った。

「お前にはここの冬はしんどいだろうな」とサムもうなずく。

ジェイソンは微笑んだ。ここの冬を乗りこえられそうにないから、ではなく、サムがあっさりと「お前には」と言ったその言い方、まるでどこに落ちつこうとジェイソンも一緒だと決めているような口調に対してだった。

しばらく満ち足りた沈黙の中で横たわり、サムは自分の腹に乗せたジェイソンの指をのどかに曲げたりのばしたりしていた。

「今日、あなたのファンクラブの会長と会いましたよ」とジェイソンは教えた。横目でサムを見る。

「ん？」サムの眉が吊り上がった。「ああ」とおもしろがる。「ペティか。彼は熱烈だ」

「それどころじゃない」

「嫉妬してないのか？」

サムは探っているようだった。

ジェイソンはあらためて考えてみる。

「してないと思いますね。ええ。前に彼と関係を持ったことがあるんですよね？」

サムは頭を左、右と傾けた。そんなところだ、と。

「関係を持った、というのは大袈裟すぎるかもな。彼が気に入っている。以前セックスをした」

「そうですか」

当然の質問をしたかったが、プライドに邪魔されて口を閉じる。

サムは思い返している様子だった。

「お前に会うより前の話だ。当たり前だが」

当たり前なのか？　そうなら、聞けてよかった。

ジェイソンは言った。

「たしかに。まあ、前のことでなくとも、お互いそういう合意があったわけではないですし」

「そうだな」

ジェイソンは次の言葉を慎重に選んだ。

「今そういうことがあったら、気分はよくないです」

サムがふんと息をこぼした。

「そう願いたい」

ジェイソンは微笑んでまた目をとじた。

「とりあえず、同じ主義だってことをはっきりさせておきたくて」

「お前以外には誰もいない、ウエスト」

「俺も、出会った時からほかの誰もほしくないです」

サムがおかしな笑いをこぼした。

ジェイソンはたじろぎ、顔を上げた。

「クリス・シプカは別としてな」

「あれは……」

あまり深く考えたくない一件。ジェイソンは苦しんでいて、誰か――サム以外の誰でも――とのセックスでそれをまぎらわせられるかもしれないという判断ミスをしたのだった。

彼の沈黙へ、サムが抑揚なく「ああ」と言った。

ジェイソンの声がかすれる。

「俺たちの関係は終わったと思っていたから」

あなたが、終わりだと言ったから。

「わかっている」それからサムがつけ足した。「すまなかった」

ジェイソンは、狙ったほど笑いには似ていない音をこぼした。

「馬鹿なことをしました」

「すぎたことだ」

そういうわけでもないのだろう、サムがこうやってまた持ち出すくらいだ。これまであの件について真剣に話し合ったことはなかった。そうは言っても、何を話す？　二人とも、あんなことが起きた理由はよくわかっているのに。

ジェイソンは言った。

「ペティは、行動分析課《BAU》のあなたの班に空きが出ないか期待してましたよ」

「そうなのか？」

驚きと、考えこむ響きがあった。

「ふむ……彼ならいい候補になるかもな」

「少し若すぎませんか？　候補になるにも、七年以上の現場経験が必要なのでは？」

「基本的にはな。あいつは見た目より年をくってるぞ。というか、お前より年上だ。捜査官になって六年経つ。だが、美術犯罪班《ACT》と同じく、うちでも特別扱いはある」

「俺より年上？」

サムが笑いをこぼした。

「そのとおりだよ、ご老人」

「ふうん……」

少しは嫉妬していたのかもしれない、今の話が気に入らなかった。話のどこも気に入らないが、とりわけサムがトラヴィス・ペティを特別枠に入れてもいいと思っているところが。

「少し考えてみないとな」

サムが言った。大きなあくびをして、体をのばし、そしてランプを消した。


駆けていた。

もやに包まれた木々の間を。地面が靴裏に絡みつき、重くしがみつき、必死で走れば走るだけ進みはのろくなるように思えた。

もう疲れ果てていた。走って、走って、走りつづけてきた。足取りをゆるめるわけにはいかない。止まってはならない。あいつがすぐ背後にいる。追われている。それが聞こえる。追いついてくるのが――。

すぐ近くからサムがおだやかに言った。

「それは夢だ、ジェイソン」

ジェイソンの目がぱちりと開いた。また、見慣れぬ闇。なじみのないベッド。

違うホテルの部屋。

荒い息を整えようとする。鼓動がまだはねている。だが一人ではなかった。いつもと違って、それがありがたい。

「そうか」ジェイソンは喘いだ。「すみません」

近頃まともに眠れていない。

サムは答えず、ジェイソンを引き寄せて、汗に濡れた頭を自分の裸の胸に押し当てた。ドクン、ドクンと、なじみ深い安定したサムの心臓の音がジェイソンの耳の下で響く。

ジェイソンはじっと横たわり、慎重に深呼吸を続けた。

サムも静かだった。ジェイソンの髪を指先でゆっくりと、のどかに梳かしながら、毎晩こうしてすごしているかのように平然としている。

ジェイソンの息がおさまり、鼓動も落ちついていった。

夢についてサムが聞こうとしないのがありがたい。分析しようとしないのが。解き明かすほどの隠れた意味があるわけでもないし。ジェイソンは命の危機を感じて、恐れている。しかも根拠あっての恐怖だ。

サムはまだジェイソンをなでながら、指先でジェイソンの頭皮を小さく、なだめるような動きで丸くさすっていた。

ほっとするし、心地よくさえある。ジェイソンの肌が少しざわつく。

「気持ちいいです」と呟いた。

情欲をかきたてられるには疲れすぎていたが、それでもたしかに、悪くない。

サムが言った。

「母が、眠れない時に頭をさすってくれたものだ」

ジェイソンは可笑しげな息をこぼした。頭をマッサージできるくらい長時間じっと寝ているサムというのが想像できない。子供のサム自体、想像しがたい。だが存在を証明する写真は見た。

「〝こんなに頭の中がブンブン言ってちゃ、眠れやしないわよ〟」

サムがルビー・ケネディの西部訛りを真似てみせ、ジェイソンはつい疲れた笑いを洩らしていた。

「お母さんの秘密兵器だ」

「そのひとつだな」とサムも同意する。

ゆっくりと、安らかな頭のマッサージが続き、ジェイソンは眠くなってきていると自分に思いこませようとした。当然のように、もう眠いと言い聞かせる分だけ、眠りが遠ざかる。

「いつまでもは続かん」と少ししてサムが言った。

ジェイソンはうなずく。だとしてもそれはいいニュースか、悪いニュースか？　時々そこが曖昧になる。

「それに、自分でもわかっているだろうが、周囲に注意を払うとか油断しないというだけじゃない。自分自身の面倒を見ろ。ちゃんと食え。ちゃんと寝ろ」何気ない調子でサムはつけ足した。「酒はほどほどに」

ジェイソンは顔をしかめた。

「わかってますよ」

サムの指先が胸元をそっとなでる。ジェイソンは言い直した。

「努力します」

それ以上サムは何も言わず、少なくとも言葉には出さなかったが、その手を通して多くが伝わってくる。その無言の手から伝わる安心感を、安らぎを、ジェイソンはおとなしく受け止めた。

6

ジョギング、と一言、ホリデイ・インの便箋に走り書きされていた。

ジェイソンはぼやけた目で隣の枕に置かれた紙を眺め、溜息をつき、頭を沈めて天井のスプリンクラーを眺めた。サムは根っからの朝型だ。そして夜型でもある。というか、要はあまり眠らない。だからこそやっと眠った彼を夜中に起こしてしまったのは失態だった。

だがそれでも、昨夜はサムがいてくれてよかった。昨夜……昨夜のジェイソンは、恋人と同じくらい友人を必要としていたし、サムがそばにいたことに心底感謝していた。

それにしても、いつまでこんなことが続くのだろう？

大体の時は忙しすぎて気を揉む暇もない——いやそれは嘘か。カイザーが野放しになっていることはいつも頭のどこかにある。まるで自分の血中に危険なウイルスが眠っていて、まだ活動を始めていないがいつかそのせいで死に至るとわかっているように。

願わくば、ＦＢＩが先に治療法を見つけ出してくれますように。だがそこには何の保証もない。

ジェイソンがシャワーから出てくると、部屋のドアがバタンと閉まるところだった。自分の部屋に戻るのをぐずぐず遅らせて、少しでもサムと二人きりの時間が持てないかと待っていたのだ。サムがフィリップス支部長と朝食をとる予定なのはわかっているから、朝食の望みはないし。
体を拭いて——サムの分の乾いたタオルもちゃんと残し——ジェイソンはバスルームのドアを開いた。

サムは電話中だった。まあそうだろう。眉を上げて無言の挨拶をよこした。

「では二十分後に」と通話を切ると、サムが携帯電話をベッドに放り出した。「おはよう。ちゃんと眠れたか？」

汗ばんだ顔は血行よく赤らんでいる。髪まで汗に濡れていた。紺色のスウェットにＦＢＩの金のロゴが入った汗まみれの紺のＴシャツを着ていた。

「それって俺が部屋中に叫んでいない時の話ですか？」

「お前は眠ってる間は寝言も言わないし、叫んだりなどしない」サムが薄く微笑んだ。「お前が無口になる唯一の時間だ」

「はい？」

だがジェイソンも気分を害してはいない。たしかにそのとおり、ジェイソンは話すのが得意だ。〝高いコミュニケーション能力〟と職務評価の備考には必ず書かれてきた。いつもほめ言葉だとは限らない。

ジーンズに手をのばすと、サムが彼の腕をつかみ、キスに引き寄せた。

「ふうむ」サムが残念そうに呟く。「もっと時間が取れたらな」

ジェイソンは微笑み、返事をしなかった。サムが手を離すと、ジェイソンはジーンズとＴシャツを着こむ。

「今夜の予定はどんなふうです？」

グロックの入った足首用ホルスターを手にした。サムに説き伏せられて足首用ホルスターを着けはじめたのだ。とにかく、普段丸腰で行くような場所向けということで。心の底から嫌だったしいつか自分の足を撃つ羽目になると確信していたが、これでサムが満足するなら……。

サムが溜息をついた。

「地方から来た支部長たちとの夕食だ」

ジェイソンも溜息をついた。

「了解。後で会えます?」

「そう願いたいもんだ」

あまりにも真情がこもっていたので、ジェイソンは笑うしかなかった。がっかりはしていたが、この旅がこんなふうになりそうな予感ははじめからあった。

「じゃあ、早めに上がれたら連絡して下さい」

サムの眉が上がった。

「早めとはどのくらいだ?」

「明日の朝七時より前ならいつでも」

サムが鼻で笑い、ジェイソンを抱き寄せてキスした。

ひげを剃り、自室で仕事にふさわしい格好に着替え、銃を身につけて、ジェイソンはＪ・Ｊにメールを打った。

ロビーで十五分後、とＪ・Ｊからメールが戻ってくる。

ふうむ。

昨夜は最高に上手くいったか、さもなければ大惨事かのどちらかだろう。

ジェイソンは一人で朝食をとった。ホリデイ・インは、ずらりと並んだパンと各種のオムレツだけでなく、食事をする気ならかなり品揃えがいい。コーヒーでエネルギー補給をしながら、昨夜のうちに魔法みたいに増殖しているインボックスのメールたちに返信をした。

疲れてはいたがいつもの朝よりはましで、その点はサムに感謝だった。頭のほとんどは今日のキレッタ・マッコイとの対面で占められている。

バート・トンプソン――美術館対トンプソン家の訴訟の共同被告の片割れと会ってみた今、ジェイソンは、キレッタこそがロイ・トンプソンの遺産を処分しようとする動きを操る頭脳ではないかと考えていた。バートはまず姉のキレッタと話せの一点張りだし、それだけでなく、芸術に対するバートの趣味は美しいインディアン娘や野生馬にロープを掛けるカウボーイなどに偏っているように見えた。黄金の額入りのレンブラントが目の前に落ちてこようと、あの男が巨匠の作品に気付くとは思えない。

キレッタも、叔父から相続した至宝のコレクションの正体まではっきりとわからなかったかもしれないが、尋常のものではないと勘付くだけの賢さはあった。彼女はファン・エイクの作品をクリスティーズへと鑑定に送り、そして六ヵ月に渡る履歴調査の末、クリスティーズはその絵を彼女に返却した。

厄介すぎて手が出せない、そういうわけだ。あのクリスティーズでさえ——出自《しゅつじ》の怪しげな物品の背景調査に熱心とは言いがたいと囁かれる、あのオークションハウスでさえも。

クリスティーズがキレッタに何と言ったかはわからないが、それでも彼女はくじけずに、その絵を海外マーケットで売ろうとした——さらに二枚の絵も追加して。

ジェイソンは手早く画面をスクロールして進行中の捜査状況を確認し、LA市警の美術品盗難対策班ギル・ヒコック刑事からの一報に眉をひそめた。シェパード・デュランドが帰国したという噂があるという——真実ならいい知らせか。シェパードだけが知る法的な抜け道があるとしたら、そうとも言えないが。

いくつか検討を要する新しい事件もあった。カタリナ島の住宅から盗まれたルノアール、またしてもネット上の美術品詐欺、そしてビバリーヒルズのヴィンテージワインの会社が偽物を扱っているという訴え。

ロビーに入ってきたトラヴィス・ペティの姿が目について、ジェイソンはいささか苛立ち——それが理不尽なことも自覚していた。サムは朝、ホテルに迎えに来るのがペティだとは一言も言っていなかった。

言うほどのことでもないと判断したのか。それならそれでほっとするが。同時に苛立ちも倍増だ。

ペティがロビーを見回し、ジェイソンに目を留め、ためらって——ためらったことを見透かされたと知って——ジェイソンのテーブルへ近づいてきた。

「どうも、ウエスト」

「どうも」ジェイソンは本心と裏腹の親しみをこめて返した。「コーヒーでも飲んでいけば」

ペティの笑みはよそよそしかった。

「結構だ。俺たちもすぐ朝食だから」

俺たち？　口を開きかけ、ジェイソンは思いとどまった。ペティはフィリップスとサムの朝食に同席するのかもしれないし。だからどうした？　何が問題だ？　ここで苛立つ正当な理由なんて、不合理な嫉妬心を持て余す己に対してしかないだろう。そもそもジェイソンは嫉妬深いたちではない。一体どうした？

かわりに言った。

「サムは、もうすぐ下りてくると思うよ」

ペティがうなずき、エレベーターのほうを反射的にたしかめる。ジェイソンへ向き直った彼は奇妙な表情をしていた。

「彼、俺の話をしたかい？」

ジェイソンは眉をひそめた。とりあえず、ペティへの警戒心が的外《まとはず》れなものではないとわかったのはよかった。一方では、こんな立場に立たされたのが初めてで、態度を決めかねてもいた。

「話すほどのことがあるのか？」

結局、そう聞き返した。あまり利口な返事ではなかったかもしれないが、この流れが気に入らない。サムならもっと嫌がることだろう。ペティの笑みは苦く、意外なほど魅力的だった。「あると思ったんだけど。違ったみたいだね」考えこみながらつけ足した。「最後に会った時、彼の態度が違ったのはそういうことだったんだな」

サムの〝手のひら返し〟の洗礼を受けたことがある身として、ジェイソンもそこには同情する。

ジェイソンは口を開け——何を言うつもりか自分でもわからないまま——たものの、エレベーターのドアが開いて、サムが歩み出てきた。

「朝食を楽しんで」

サムへの挨拶に軽く手を上げ、それからジェイソンは携帯を取り上げて、一緒に出ていく二人を見ずにすむようにした。そうであっても、サムに「おはようございます」と言うペティの熱烈な声色は耳に入ってくる——そしてつい、答えるサムの深い声の裏を読んでしまう。自然？　警戒？　上の空？

ガラス扉が開き、乾いた夏の風がふわりと吹き込み、扉が閉まった。

J・Jが現れると、まっすぐにコーヒーポットを目指していった。

ジェイソンは声をかける。

「朝食が食べたいなら時間は十分ある。きみの好きなシナボンもあるよ」

J・Jが全身をぶるっと震わせた。

「いや。絶対ごめんだね」

ジェイソンは彼を凝視した。

「もしかして二日酔いか？」

「少しな」J・Jは顔をしかめた。すぐさま明るくなる。「あの娘《こ》さ、ウエスト」

「マルティネス？」

「彼女、聖人だぜ」

「それはきみにはしんどくないか」

J・Jが、笑えるな、という顔をしてみせた。

別にジェイソンは冷やかしているわけでもない。J・Jはまだ捜査官としては新人のようなものだ。それが、ほとんどの捜査官が全キャリアで出くわすよりも多くの銃撃戦を一年目で経験してきたのだ。今や、人も殺した。それを想定した訓練は受けているが、それでも……。

「デ・ハーンとは、キレッタ・マッコイの弁護士事務所で落ち合うことになっている」

J・Jが苦い顔をした。「デ・ハーンも今日の聴取に立ち合うのか？」

ジェイソンはうなずいた。

「どうして一般市民を聴取に参加させるんだ？」

「アルデンブルク・ファン・アペルドールン美術館の正式な代理人だからだ。加えて、彼はこの事件を二十年近く追いかけてきた。俺たちは彼の資料と、調査を足がかりにしている。今回のことについて我々の誰よりも詳しい。経緯についても、財宝についても」

「財宝」J・Jはうんざりしていた。「宝とか呼ぶのやめてもらっていいか？」

「ほかに何と呼べばいいのかわからない」ジェイソンは答えた。「十五点の失われた品々、それもプラチナやダイヤのネックレス、真珠とエメラルドのイヤリング、宝石のついたエナメルがけの箱が二つ、金のロケット、ファン・エイクの祭壇画、さらに九枚の大変に貴重な絵――しかももしかしたら値も付けられないような絵画一枚まで含んで」

「どうせ絵のほうだろ、あんたがほしいのは。特にフェルメール」

「もし本当にフェルメールであるなら、ああ、できればその再発見に立ち会いたい。だがアムステルダムへ返還されるものだ。アメリカの美術館には行かないよ」

少なくとも、筋としては返還されるべきものだ。しばしば美術館やギャラリー、時には政府までもが、国の宝をなかなか手放したがらない――それが他国の国宝であるとしてもだ。とりわけ何十年以上も自国の美術館に飾られてきた芸術品となると。大英博物館が所有する彫刻、エルギン・マーブルをめぐる泥沼の争いがまさにいい例だ。

ナチスによって略奪された美術品・工芸品類は特に厄介で、所有権を証明できる書類が、無理もないことながら、失われていることが多い。たとえ法的所有権が証明できても、美術館のキュレーターたちは貴重で人気のある展示品を今ある場所から取られまいと徹底的に抵抗する。

ジェイソンにも、少しばかりの共感はあった。美術館というのは、一般の人々のために芸術品を守り保護する使命を掲げている機関だ。略奪美術品の多くは個人所有のコレクションで――美術館やギャラリーの使命とは相反する存在なのだ。

公平に言えば、貴重な古美術品を元の国へ返還するのをためらうのは、時に政情の不安定さや危険を恐れてのことでもある。エジプト、イラク、リビアなどの国々で美術館のコレクションや遺跡を襲った運命は、じつに嘆かわしいものだった。

ロイ・トンプソン大尉の遺族も、どうせそういった手垢のついた主張で叔父の盗みを正当化しようとするに違いない。盗難美術品の返却において個人コレクターは美術館よりはるかに、ずっとたちが悪く、今までジェイソンはこの地上のありとあらゆる言い訳を聞かされてきた。

「なくなったって誰も困ってない」という言葉も含め。

七十年以上経ってなお、ナチスから押収された何十万点もの美術品の半分以上が、行方不明のままだ。ぞっとすることにそうした貴重きわまりない品や誰かの宝物の多くが、連合国による占領下で行方不明になり――多くが個人のコレクションになっていた。

「どうでもいいけどさ」Ｊ・Ｊがレンタカーのキーを気ままに投げ上げた。「マスコミに寄ってきてほしくねえなら、財宝とか言わないほうがいいだろうよ」

ごもっとも。

ジェイソンはコーヒーの最後の一口を飲み、数枚の紙幣をテーブルに置くと、Ｊ・Ｊを追ってホテルを出た。

キレッタ・マッコイは、ジェイソンの予想とはまるで違っていた。

いや、どんな相手かはっきり想像していたわけではないが、赤ら顔で腰の低い善良そうな女性はイメージになかった。垢抜けない中年の白雪姫、といった風情だ。初期のディズニー映画主人公の黒いボブカットと睫毛の長いつぶらな目。キレッタの可愛らしく少し甲高い声まで映画そっくりだ。

顔合わせは、ふかふかのソファが並ぶコーリス・フルック＆ドゲット法律事務所の一室で行われ、キレッタと、弟のバート（銃で脅されて無理につれてこられたような顔をしている）、そしてデイヴ・コーリス。キレッタいわくの「家族ぐるみのお友達で弁護士」だ。

「私たち、てっきりもう時効だって思ってて」キレッタが砂糖菓子のように甘くふわふわした声で説明した。「クリスティーズの人からそう言われたの」

「クリスティーズの誰からですか？」とジェイソンはたしかめる。

「でたらめだ！」とデ・ハーンが割りこみ——無論、コーリス弁護士からの抗議にあった。

「依頼人は、政府とアルデンブルク・ファン・アペルドールン美術館に対して真摯に協力している。彼女を侮辱するような言葉は聞き捨てならない」

「侮辱するつもりなどありません」とジェイソンは言い、デ・ハーンに最大級の警告のまなざしをとばした。「我々はただ事実を確認しているだけです」

喉で唸ったが、デ・ハーンは唇を固く引き結んだ。

デ・ハーンの激発に、キレッタの顔はますます赤くなっていた。ジェイソンへ向かって言う。

「誰だったか覚えてないわ。私たち——」そこで、ジェイソンとJ・Jに無愛想な〝ハロー〟の一言を投げたきり無言の弟に目をやった。「私はクリスティーズの何人もと話をしたから。あの人たちは祭壇画やほかの絵も扱いたいと思っていたけれど、あそこ、ヘルマン・ゲーリングが持ってたことのある絵を売って騒ぎになったでしょう？」

彼女の黒い目は、その事件への驚きで見開かれていた。

「シスレーですね」とジェイソンはうなずく。

二〇一八年に起きたスイスの美術商への『モレの春の初日』の売却は、今でも美術界のスキャンダルであった。クリスティーズ側は、あらゆる適切な手を尽くして絵の来歴を確認したと主張したが、盗難美術品の調査専属の部門があるというのに、そのシスレーの絵の所有記録にあった空白時期を見逃したというのは苦しい。

そもそも、クリスティーズが略奪美術品絡みの訴訟に巻きこまれたのはあれが初めてのことでもない。なので、クリスティーズの誰かがキレッタに未練まじりにそんなお断り文句を伝えてもそうおかしくはなかった。

時効――すなわち出訴期限の主張については、なんとも信じがたかった。クリスティーズはその手の法律に精通している。だがキレッタが聞いた内容を勘違いしただけかもしれない。

「ナチスに奪われた美術品について、世界的に、時効というものは存在しないんです」ジェイソンは説明した。「法律的には複雑なんですが、一九九八年のワシントン会議において、アメリカとオランダ、および他の五十ヵ国が、ナチスの略奪美術品の返還について、〝公正かつ正当な解決を行う〟ことに同意しています。ですがそれよりなにより、二〇一六年に第9巡回区控訴裁判所が今回と同様の案件を扱い、オランダの法が適用されると判断を下しています。そしてオランダの司法は、基本的にオランダの美術館の主張を重要視する」

コーリス弁護士が言った。

「だからと言って我々の裁判が同じ結果になるとは限らない」

「ええ。そこは言い切れない。ですがこれらの品にはいかなる時効もない、それが今の話の要点です」

「叔父は泥棒なんかじゃないわ」キレッタが言った。声が震え、目に涙が溜まる。「叔父はあの絵を、守ってくれって上官から託されたのよ。危険な状況だったから。美術品にとっても、兵士にとっても」

　ジェイソンはくり返した。

「託、い、された？」

「そうよ」

　よくない。じつにまずい。ジェイソンはキレッタがその上官の名を言うのではと身を固くしてかまえた。彼女がエマーソン・ハーレイの名を出したなら……証拠とは言えないまでも、ジェイソンの捜査にとっていい流れではない。なにしろデ・ハーンの緻密な調査の中でもエマーソン・ハーレイの名が出たのは一度きり、そこにはクエスチョンマークがつけられていた。

　調査のその部分は正確であると、ジェイソンは知っていた。祖父が、短期間ではあるが、ナチスがエンゲルスホーフェン城の地下トンネルに溜めこんでいた美術品の回収と返還を指揮していたのを知っていたからだ。その情報は、後付けで偽装工作をしようとして簡単に手に入るようなものではない。

　キレッタが続けた。

「前にロイ叔父さんが言ってたわ、あの絵がじめじめした汚いところに溜めこまれてたって。あちこちで物をくすねたりちょろまかしたりしてた。しかも、そこにソ連軍がやってきそうになってて」

ジェイソンはデ・ハーンへ視線をとばした。

正当化の理屈を聞かされるだろうとは予期していた――美術品を安全に守るために持ち去ったのだと。だが今この話を聞くまでジェイソンは、祖父への言いがかりの中身は怠慢や監督不行届だろうと、最悪でも戦利品を求める疲弊した兵たちの行為に目をつぶったくらいのものだろうと思っていた。そうした前例もなくはない、連合国軍の司令官の中にはまさにそういうことをした者もいる。第二次世界大戦はほかの戦争と異なり略奪も強奪もなし、勝利者のつまみ食いも許さぬと、アイゼンハワーが厳命していても。

だがキレッタが語った成り行きは非常にまずい――エマーソン・ハーレイという人物をジェイソンほどよく知らなければ、筋が通って聞こえるからだ。献身的なモニュメンツ・メンが必死になるあまり倫理の一線を踏み越え、貴重な芸術を守るにはそうするしかないと、使命を裏切った……。

無論、よく調べればそんな話に筋が通りはしない、祖父《グランパ》ハーレイがエンゲルスホーフェン城にいたのは発見された美術品たちを守り、正当な所有者への返還作業を監督するためだったからだ。それを完遂するだけの能力もあり、権限もあった。なのに貴重な美術品を兵隊に持たせ、「国に送って安全に守れ」などという曖昧な指示だけで散逸させるなんて、よく言っても逆効果でしかない。

キレッタの話には、別の矛盾もあった。戦後のバイエルン州で信じられないようなことが色々起きたのはたしかだが、ソ連軍の侵攻はその中には入らない。ソ連軍が占領したのはドイツ東部だ。

どうも、キレッタは叔父に聞いた話と、映画『ミケランジェロ・プロジェクト』のシナリオを混同しているように聞こえた。だからと言って嘘つきだとは言い切れない。誰かの嘘を、考えなしにくり返しているだけかもしれないのだ。それか、勘違いをしているか。この仕事でジェイソンが学んだことは、人々がしばしば事実を誤認し――そして同様にしばしばそれを認めたがらないということだった。

ジェイソンは言った。

「ミセス・マッコイ、あなたの叔父が保管場所から美術品を持ち出すよう指示されたと証明できるものを何かお持ちで――」

「証明がなんだ！」デ・ハーンが割りこんだ。「あれらの絵を分け与える権利など誰にもないし、遺贈する権利もない。今重要なのは、彼女の所有する財宝の正確な中身だ！」

「何が起きたか知る必要があります」とジェイソンははねつけた。

「もう十分わかっている！　責任の所在を決めるのは後回しでいい」

「証拠は、あるわ」とキレッタがおそるおそる言った。

デ・ハーンがあっけにとられて言葉を切る。

「証拠とは、つまり何らかの文書ですか？」とジェイソンは問いただした。

キレッタが弁護士のコーリスへ怯えた視線を向け、弁護士はうなずき返した。

「私が……持ってるわけじゃないの。でもあるのよ。少なくとも昔はあった。ちゃんと見たんだもの」

「どこで見たんです？　どんな文書？」

ジェイソンは平静な口調を保とうとしたのだが、キレッタには何か不安を増す響きが聞こえたらしい。唇を舐めた。

「海外の赴任地から、ロイ叔父さんはよく家に手紙を書いてたの。それを見たことがあって」

「その上官の名前や階級については書かれていましたか？」

「ええ。そう思う。そのはず。中身は覚えていないけれど。あの手紙を見たのは何年も前だから」

デ・ハーンが口を開こうとする。ジェイソンはさっさとたずねた。

「その手紙は今どこに？」

デ・ハーンとJ・Jからの凝視を感じる。それともそれは後ろめたさのせいか。当然の質問をしただけだ。優先順位としては低いものかもしれないが、ジェイソンにとっては最優先。

「それが……覚えてなくて――」

突然バートが言った。

「ドクが持ってるんじゃないか？」

「あの人が？」

　キレッタはぽかんとした。

「ドクとは？」とジェイソンは聞く。

「ドク・ロバーツ。エドガー・ロバーツだ」バートが答えた。「ロイ叔父さんの……友達だ」

　その一拍置いた「友達」はどんな意味だ？

「なるほど。では、あなたの知る限り、そのエドガー・ロバーツ氏が手紙を所持しており、あなたによればその手紙は、あなたの叔父が上官から命じられてこれらの美術品を本国に送ったという証拠であると」

「そうよ。ええ、よく知らないけれども」キレッタが答えた。「あの手紙が、ロイ叔父さんが泥棒じゃないという証拠になるのはわかってるわ。美術品を運ぶのは、絶対、叔父さんの考えじゃなかった。絶対に。叔父からしてみれば月を運ぼうとするような話だったもの。でも、エドガーがその手紙を持ってるかどうかは知らないわ。どうして持ってるのかもわからないし。もし気になるなら、ロイ叔父さんが家に送った手紙は全部、ボズウィン日刊新聞に掲載されてるわよ」

　ジェイソンの心臓が止まった。何の言葉も出てこなかった。

　新聞に掲載……。

　弁護士事務所に奇妙な沈黙が落ちた。

　J・Jからの視線を感じたが、ジェイソンにはどうあがいても適切な言葉が見つけられなかった。こんなふうに追いつめられるなんて想定もしていなかった。

　J・Jが言った。

「現在売りに出されていない物品についてだが――」

　キレッタが早口に言葉をはさむ。

「それが、そうなのよ。だからバートと私は、こうしてそちらと会うことにしたの。揉めるのは嫌。大がかりな裁判沙汰にするようなお金の余裕はないし。国税局に睨まれるのも困る。私たちは、政府や美術館と、ほかの二枚の絵の、その……相続人に、まだ誰か生きてるなら、協力したいと思ってるの。でもほかには何も持ってないのよ」

　彼女はデ・ハーンに向かってうなずいた。

「この人から来たメールに載っている品々。私たちは持ってないの。持ってたこともない」

7

「嘘をついている」とデ・ハーンが言った。

コーリス・フルック&ドゲット法律事務所での対面を終えたデ・ハーンとJ・J、ジェイソンの三人は、コーヒーポットという町なかのレストラン兼ベーカリーの席に座り、即席仕立ての戦略会議を開いていた。

「どうかな」J・Jが焼き立てのシナモンロールを頬張りながら言った。「嘘だって言うなら、かなり上手い嘘だ」

デ・ハーンがその言葉を鼻で笑った。

「あの姉弟《きょうだい》が持ってないなら、ほかの品はどこにあるんだ?」とJ・Jが考えこむ。「誰が持ってる?」

ジェイソンはそれをぼんやりと聞いていた。頭の中は堂々めぐりだ。ボズウィン日刊新聞の資料室に行ってトンプソン大尉がエマーソン・ハーレイについて書いた内容を――何か書いているなら――見つけ出さなければ。記事はすでにデジタル化されてオンラインで読めるかもしれない。グーグルの頓挫したニュース・アーカイブ計画のおかげで、数千という新聞の何百万ページもがスキャンされており、探し回るだけの時間と根性さえあれば誰でもネットで過去記事が読める。だが実物の新聞資料には、時に追加情報が含まれているものだ。写真、内輪のやり取り、記者の覚え書き、もしかしたらホームシックの兵隊からの手紙のオリジナルまで。たしかめに行く価値はある。

貴重な美術品を家に送ったとトンプソンが白状するような手紙を、家族が新聞社に渡して記事にしたとは考えにくい。ほぼ間違いなくトンプソンは家族に、中身を伏せてばらばらに送った荷物のことは口外を禁じていただろう。その時代の新聞社が、軍人の名誉に傷がつくような内容の記事を出すとも考えにくい。

だがトンプソン大尉が、当たりさわりのない文脈で、自分の上官について言及した可能性は十分ある。

いい記者なら、いつか必ず嗅ぎ当てる情報だ。それさえあればその先の点と点を線に結ぶのは難しいことではない。

たとえ、その線が描き出す絵が間違っていても、誰もがそこにこだわるとは限らない。時に報道の人間はいい記事を求めるだけで――偽りの話が記事の中の誰かを傷つけようともかまわないのだ。

トンプソン大尉の上官が、生涯でたった一人だったわけでもない。エマーソン・ハーレイが任務で第3歩兵師団と関わったのはほんの一時期のことだ。トンプソン大尉の上には何段階もの指揮系統があった。

だが盗難美術品に関わる話である以上、たとえトンプソンがエマーソン・ハーレイの関与を直接明言しなくとも、建造物・美術品・公文書部隊《モニュメンツ・メン》の副司令官が重要容疑者になるのは当然の流れだった。

そしてキレッタの言ったとおりにもし彼女の叔父がエマーソン・ハーレイの名を手紙に記し

ていたならば、誰だろうとそれこそが真相だと考えるだろう。

それもまた、ジェイソンがこの捜査を誰にも渡したくない理由のひとつだった。

基本的に美術犯罪班《ACT》は報道機関との関係がよく、好意的な報道も多い。ジェイソン以外の捜査官であれば、トンプソンの美術品に関わる話の偽りを暴こうとはしないだろう。むしろその逆だ。

「十五点の美術品が同時に消えている」デ・ハーンが言った。「泥棒が二人いたと見るには、偶然が過ぎる」

「共謀していたとか」とJ・Jが言った。

デ・ハーンはその言葉を鼻であしらう。J・Jがジェイソンのほうを見た。

「ウエスト？」

ジェイソンは物思いからはっと醒めた。

「ん？」

「何か気になってんのか？」

「いや。考え事をしていた」この数秒間の会話を脳内で巻き戻す。「トンプソンに共犯者がいたということはありえる。同様に――」

「そうだとも、エマーソン・ハーレイ。城から美術品を持ち出す許可を与えた上官だ。あの男が窃盗の共謀であることはわかりきっている」とデ・ハーンが言った。

謎の上官の名をデ・ハーンが忘れているかもしれないという望みは、はかなく散った。まるで地雷を踏んだ一瞬のようだった――またしても。ジェイソンの内側がすべて凍りつき……そしてこみ上げる怒りで溶ける。だがこの怒りは理不尽だ。デ・ハーンは敵ではない。彼はただ、今ある情報をもとに論理的な結論を導き出したにすぎない。腕のいい捜査官のような思考回路で。

「それはまだわからない」ジェイソンは言った。「そのような上官が存在したとは言い切れない」

「俺もそう思う」J・Jが言った。「そこは適当な言い訳に聞こえるね」

「何を言ってるんだ？　その男の名前もわかってるんだぞ」デ・ハーンが言い返した。「エ、エマーソン・ハ、ハ、ハーレイと。あの女、キレッタも証拠があると言っていた」

祖父の名が出るたびにジェイソンは内心でひるんだ。うかつに足元をすくわれないようにしつつ、話を整理しようと試みる。

「ハーレイは実在していました。たしかに。しかし上官たちはほかにもいた。その中の誰かが本当にトンプソンと共謀していたのかどうかも、証拠はまだない」

「トンプソンの言い分対ハーレイの言い分になるな」とJ・Jがうなずいた。

「ハーレイは死んでいる」デ・ハーンがそっけなく切り捨てた。「あなたの言うとおりかもしれない。だが私は、キレッタが嘘をついていると確信している。彼女は何か隠している」

その数秒、ジェイソンは祖父についてデ・ハーンが下調べ済みだという事実を——ジェイソンとの血縁関係にいつ気付かれてもおかしくなかったことを——悟って茫然としていた。続く会話は聞き取りそびれたが、なんとか口を開く。

「キレッタが嘘をついているとは限らない。そもそも事態の全容を知らないのかもしれない。無理もないが、これ以上の訴訟を恐れているのだと思う」

バートの『……友達だ』という一言が脳裏に浮かんだ。あの時のバートの表情は、何というか……。

ジェイソンは続けた。

「バート・トンプソンのほうは話が違う。何か隠しているのは間違いないだろう」

わかりやすい秘密だけでなく。それ以上の何かをだ。キレッタが知らない何か？

「バートが？」とJ・Jは意外そうだった。

ジェイソンはうなずく。

「俺にはさっぱりわからんね。あいつは今日、全部で十語くらいしか話してないだろ」

「捜索令状が必要だ」デ・ハーンが言った。「トンプソンの家を捜索し、失われた宝を見つけねば」

「トンプソンの家は今じゃキレッタの家だよ」J・Jが応じた。「彼女は家をもらった。バートのほうは花屋を」

そのあたりのこともまたジェイソンの不安の種だった。ロイ・トンプソンは金持ちというほどではなかったが、余裕のある暮らしを送っていた。不動産と小ぶりながらも稼げる店に加え、トンプソンは姪と甥にそれぞれ十万ドルの遺産を残してのけた。その金銭的なゆとりは、長年ひそかに盗難美術品を売りさばいてきた成果なのだろうか？

デ・ハーンは違うと考えていた。デ・ハーンはそれらの美術品一点ずつを十数年かけて追跡し、世界の美術市場に現れないかと目を光らせてきており、今も美術品たちは手付かずだと考えていた。もっとも、彼は手付かずだと信じたいのだ。誰もがそうだ。

「とにかく、令状を取るには今持ってる以上の証拠がたっぷり要る」Ｊ・Ｊが言った。「ここまでの材料だけで令状を出してくれる判事はいないさ」

デ・ハーンがジェイソンのほうを向いた。

「ラッセル捜査官の言うとおりです」ジェイソンは言った。「トンプソン一家は、形としては我々に協力的だ。行方知れずの美術品を彼らが所有している証拠もない。所有していたなら、祭壇画とほかの二枚の絵を売り出した時、どうして残りも一緒に売らなかったんです？」

「いったん様子見をしていたのかもしれない」

「かもしれません。あるいは真実を話しているか。自分たちは残りの財宝を持っていないと」

「なら共犯者が持ってんだろ」Ｊ・Ｊが言った。「どいつが共犯者なのかつきとめねえと」

ジェイソンはうなずいた。「そうだな。確認になるが、共犯者がいたのかどうかはいまだ不明だ。いたとしても、それが軍隊内の仲間だったとは——」

「だがそうだ」デ・ハーンが言い張る。「将校ハーレイだ。この謎の男についてもっと調べなければ。家族に話を聞けば……」

「エマーソン・ハーレイ」Ｊ・Ｊが呟いた。「どうして聞き覚えがあるんだろうな？」

「駄目だ！」とジェイソンは怒鳴った。

デ・ハーンとＪ・Ｊから唖然と見つめられる。ジェイソンは懸命に己を抑えた。

「つまり、そのとおり、そっちの調べは進めるが、決めつけてはならない。トンプソンの上官、しかも建造物《M》・美術品《F》・公文書《A》部隊《A》の一員だった者が、そんな命令を下したとは非常に考えにくいことだ。ＭＦＡＡ《モニュメンツ・メン》について多少でも理解があれば、あなたもそれが……突拍子もない話だとわかるはずだ」

「大半の窃盗が将校によるものだった」デ・ハーンが指摘する。「将校は下っ端の兵が入れないところにも行けた。とがめられずに物品を移動させることもできた」

それは、たしかに残念な真実だった。

「モニュメンツ・メンは別です」ジェイソンは答えた。「彼らは一般の兵士とは違う。彼らの部隊は美術史家、美術館のキュレーター、古文書係、教師、芸術家たちから成っていた。多くが徴兵されるには高齢すぎたため、志願による入隊だった。彼らは自ら戦地へ行くことを選び、自分たちの命を懸けて世界の至宝を、芸術を守ろうとした。そして終戦後も現地に残り、五百万点からの文化遺産の返還を監督しました。一九五一年まで、ヨーロッパにはずっとモニュメンツ・メンがいたんです」

デ・ハーンが肩をすくめた。J・Jはまだジェイソンを見つめたまま聞いた。

「あんたの仮説は?」

「仮説はまだない。ただ——忘れてならないのは、トンプソンに共謀相手がいたのなら、それが同じ分隊内の仲間だったとは限らないということだ。連隊内や、師団内ですらなかったかもしれない。友人ですらなかったかも。あるいは別の師団にいる友人とか。もしかしたら、そうではなく、そうだな……輸送科の誰かでもありえる。トンプソンがあれらの荷物を次々と故国《くに》に送りはじめた時、誰からも見とがめられなかったのはどうしてだ? ほかにも、バイエルンの地元民でもあり得る」

「娘か」デ・ハーンが言った。「たとえば恋の相手——」

「違うね」J・Jが口をはさむ。「トンプソンはゲイだったと思うよ」

瞬間的に注意を奪われ、今回J・Jを凝視したのはジェイソンだった。

肩をすくめたJ・Jがデ・ハーンに説明している。

「俺は毎回ゲイの相棒と組まされるんだ。その手のことについちゃ第六感《シックス・センス》があるんだよ」

あきれて、ジェイソンの口が開いた。

「それはでたらめだけど、でもマジな話」とJ・Jが言う。

「真面目に？」

「そうさ、マジで。あんたに会った瞬間にゲイだってわかったぜ」

「それは性的直感《セックス・センス》と言わないか？」とジェイソンは返しながら、金属製のナプキンホルダーでJ・Jをどつき回したい衝動をこらえた。

デ・ハーンは呑みこめずにいる様子だ。困ったように微笑みかけられて、ジェイソンはただ首を振った。

J・Jは快活に己の仮説を続けている。

「だからそうさ、バイエルンの少年ならいたかもしれないな」

バイエルンから来た少年――七〇年代の安っぽいスパイ映画のような響き。

「とにかく」とジェイソンは話を変えた。「謎の共犯者はさておき、さらに我々の障害は、トンプソン家がずっと昔からこの地元に住んでいたという点だ。あの一家は地域社会に溶けこんでいる。尊敬される経営者であり隣人である。一方の我々はFBI、それもほかの国のために動いている。捜索令状の請求に際してもっと確固とした証拠を山ほど出さない限り、地元の判事からはそういう目で見られるだろう」

「何が言いたい？」デ・ハーンが迫った。「ここで終わりということか？」

「いや、もちろんそんなことはない。我々は、彼らが売りに出した作品の回収を進めています。さらに所在不明な物品の行先の捜査も続行する。それだけの根拠が出揃ったなら、捜索令状も取る」

「それらの物品がこれからどうなるか、私が教えよう。トンプソン家がこそこそとほかのルートで売りさばくんだ」

J・Jがジェイソンのほうを見た。

「そうは思えませんね」ジェイソンは答えた。「今しばらくは。トンプソン一家は、我々に見張られてると疑うでしょう――そのとおりですが。もし彼らがそれらの品を所有していて、我々に気付かれていないと信じているなら――すでに飛躍気味の仮定ですが――しばらく待って、ほとぼりが冷めるまでは何の行動も起こさないでしょう」

デ・ハーンは気に入らない様子だった。

「トンプソン一家はきみほど利口ではないと思うよ、ジェイソン。彼らはきっと、軽はずみに愚かな行動に出るタイプだ」

「かもしれませんが、今、我々にできることは限られています」とジェイソンは答えた。

それでデ・ハーンも納得するべきなのだ。不満だろうとも。J・Jが遅い朝食を食べ終わると、彼とジェイソンはデ・ハーンに連絡すると約束して、レストランを出た。

「どうかしたのか?」

支部へ戻る車内でJ・Jからそう聞かれた。

ジェイソンはちらりと目を向ける。

「いや」

「あんたちょっと変だから」

「俺が？」

J・Jは後部座席にほかの誰かを探すように車内を見回した。ジェイソンへ向き直る。

「そうだよ、あんただ。弁護士事務所を出てからずっとピリピリして気が短い。さっきも、あの哀れなオランダ人に今にも噛みつくんじゃないかと思ったよ」

ジェイソンは微笑を作ろうと努力した。

「いや。ただ……睡眠不足で」

「フェルメールのせいだろ？」J・Jは冷笑した。「あんたは消えたフェルメールを世界のために救い出す気満々なんだ」

「それができたらいいと思うね」とジェイソンも同意した。

「まあ、まだその辺に転がってるかもしれないしな」

「かもしれない」

J・Jがまた横目でじろりとジェイソンを見た。

「LAへ戻る飛行機を予約しとこうか？」

「LA？」

ジェイソンはぽかんとしてくり返した。J・Jが、嘘だろという息をこぼす。

「LAを覚えてるだろ、ウエスト。高層ビル、排気ガス、渋滞、自分の家と家族と友達のいるところだ。俺たちの職場」

「わかったよ。LA」ジェイソンは答えた。「そうだな、あと一、二日様子を見よう。まだ話を聞く相手がいる、エドガー・ロバーツとか。彼がトンプソンと同年代なら、同時期にヨーロッパにいたかもしれない。トンプソンの又姪にも話を聞きたい——ここは気になっている。トンプソンには又姪が二人いるが、遺言書では片方しか言及されていない」

「バートと叔父さんの仲は険悪だったとか?」

「そうかもな。しかしバートの名は遺言書に書かれている」

J・Jが肩をすくめた。

「なるほどね。そいつはたしかめたほうがいいかもな」

「さらにトンプソンの友人、隣人、従業員にも話を聞いて、彼の宝を見たり聞いたりしたことなどがないかたしかめなければ」

「マジでさ。宝って言うのやめろよな。インディ・ジョーンズかよ」

ジェイソンは気持ちの入らない笑いをこぼした。

「それに、新聞社の資料室で過去記事を確認したい。共犯者がいたのかどうか、何か情報が得られるか」

「トンプソンの謎の上官な」

「そのとおり」

「古い記事はデジタル化されてるんじゃないか。何もかもこっちでやらなくてもいいだろ」

「そんなに急いでＬＡに帰りたいのか？」とジェイソンは聞いた。

「いや全然。でも俺のために引き伸ばそうとしてるなら……」

うっかりすると笑ってしまったかもしれない。

「まさか、違う」

まだ納得いかない様子で、Ｊ・Ｊは道を見ていた目でじろじろとジェイソンを眺め回した。

「あんた本気で、フェルメールがここにあると思ってるんだな」とゆっくり、目敏《めざと》い顔をして言う。

Ｊ・Ｊがそう思いこんでくれていたほうが、ほかの可能性に目を向けはじめるよりずっと、はるかにありがたい。

「ありえなくはない話だ。だが、どちらにせよ、もっと色々な方向から調べなければ。トンプソンは美術品に保険をかけようとしたかもしれないし、鑑定に出したり、来歴を調べようとしたかもしれない。その手の動きには痕跡が残る」

「それか、そんなことをするほど馬鹿じゃなかったか」

「ああ。だが彼は間違いなくコレクターだし、コレクターというのは基本的に自分のコレクションを見せびらかしたがるものだ。トンプソンがほかの宝も持って帰ってきていたなら、それを誰かに見せた可能性は高い」

オフィスに戻ると、J・Jはまっすぐマルティネスのブースへ向かい、ジェイソンはまっすぐトイレに向かって顔を冷水で洗った。

洗面台の鏡で見た、雫の垂れる自分の顔は、あまり安心できるものではなかった。緑がかった蛍光灯のせいもあると思いたいが、ひどく疲れて青白い。やつれた顔の中で目だけがギラついている。どうかしたかとJ・Jに怪しまれたのも無理はない。

シンクに顔を寄せ、さらに水を浴びせていると、トイレのドアが開いてサムが入ってきた。

「どうも。どんな調子です？」ジェイソンは言った。

気が散っていたようで、サムはトイレの先客が誰なのか初めて気付いた様子だった。

「まずまずだ。そっちは？」

ジェイソンはペーパータオルをつかんで顔を拭った。

「まあまあです」

声に何かが滲んでいたのか、サムが「大丈夫か？」と聞いた。

「大丈夫！」

サムが目を細める。

「本当か？」

「ええ、もちろん」

態度がおかしいと周りから言われていると、ますますおかしな態度になってしまいそうだ。

ジェイソンはウインクした。

「少し眠りは足りなかったかもしれませんね」

サムが思案含みでうなずいた。

「ならいい。じゃあ、夜にまた」

「ええ。楽しみにしてます」

ジェイソンはそう、頬が痛むほどの笑顔で答えると、トイレを後にした。


オフィスに戻ってみると、Ｊ・Ｊがいたくご満悦という顔をしていた。

しゃべり出そうとする彼を、ジェイソンは制して言う。

「なあ、考えていたんだが、午後は別行動にしないか？　そのほうが手早く広い範囲をカバーできる」

Ｊ・Ｊのニヤニヤ笑いが消えた。うんざりと溜息をつく。

「わかってたよ。俺が新聞社の資料室にこもることになるんだろ」

「いいや、全然」ジェイソンは答えた。「新聞社は俺が行く」

J・Jが呆れ顔をした。

「そうか。そういうことか。俺がまともに古新聞も探せないと思うから自分でやるってか」

いつの日かこれを笑えるようになるのか？　なにしろ今は……ほど遠い。

ジェイソンは忍耐力を振り絞って言った。

「もしきみが資料室に行きたいなら――」

「行きたいわけねえだろ」

「だろ？　だからそっちは俺がやる。きみのほうは、捜索令状を取る足がかりになりそうな聞きこみをしてくれ」

「どうやって？」

「トンプソンと共に、またはトンプソンの下で働いていた人間を残らずつき止めるところから始めたらどうだ？　トンプソンという人物をもっと知ることで得るものがあると思う。それがわかれば、彼が共犯者を使いそうな人間か、逆に誰かに共犯者として選ばれそうなのか、見当がつくかもしれない。単独で動きそうな男かどうかも見えてくるかも」

J・Jは考えこみながらうなずいた。「戦前、この男は地元の大学で美術を教えてた。戦後になると花屋を開いた。どうして職を変えたんだろうな」

「そうだ。まさしく」ジェイソンはうなずいた。「家族のことももっと知りたい。そしてもちろん、なによりたしかめておきたいのはトンプソンがかつて自分のコレクションのことを誰かに話していないかどうかだ。たとえば従業員、友人、恋人、敵、隣人、郵便配達員……」

「どうして話す？」

「コレクターとはそういうものだ」

「あんたがそう言うならそれで」

「ああ、言うとも。それで、できるのか？」

「できるよ、ウエスト。キリキリ言うな」

「それはよかった。じゃあまずお互いの時計の時間を合わせて――」J・Jの表情を見てジェイソンは鼻で笑った。「冗談だ。だが随時報告してくれ、いいな？」

「どこに行く？　新聞社か？」

「最終目的地はそこだ。まずはエドガー・ロバーツから話を聞くかもしれない」

J・Jが眉を寄せた。「二人で行かなくていいのか？」

「手分けして手広くって言ったろ」とジェイソンは再確認する。

「わかったよ」とJ・Jが肩をすくめた。

「報告は入れてくれ」

「それはもう聞いた」

ジェイソンはオフィスのドアが背後で閉まるにまかせた。

8

エドガー・〝ドク〟・ロバーツは、見事に整えられた前庭を囲む黄バラの壁の手入れをしているところだった。

一九二〇年代建築の白と灰色のバンガロー、ボズウィンのメイン通りからほんの一ブロック先にある家の前に、ジェイソンは車を停める。

ロバーツ――ドクは背が高く、ほんの少し猫背の老人で、だぶだぶのデニムに色あせたターコイズ色のアロハシャツを着ていた。つばの広い麦わら帽をかぶってライムグリーンのビーチサンダルをつっかけ、じつに物々しい植木ばさみを手にしていた。

ジェイソンが車から降りると、ドクは帽子を取り、腕で顔を拭い、また帽子を戻した。

「やあ、やあ」と平石の通路をやってくるジェイソンへ声をかける。

「どうも」ジェイソンはバッジを見せた。「ＦＢＩの特別捜査官ウエストです。少しお話をうかがえますか?」

「やっぱり、警察か何かだろうと思ったよ」ドクは差し出された革の紙ばさみを受け取った。

「ＦＢＩか。へえ、大したもんじゃないか？」ジェイソンの身分証とバッジをじっくり眺める。「映画で見るのとそっくりだな」と感服していた。

ジェイソンは笑みをこらえた。ドクに遊ばれている気はしていたが、こういうひと癖ある老人には弱い。つい祖父を思い出してしまう。

やっと、ドクは身分証を返した。

「お前さんが来ると思ってたよ。ま、お前さんみたいな誰かが。中に入って涼まないか？」

ジェイソンはドクについて石敷きの小径を歩き、大きな木のポーチを通って家に入った。たしかに涼しく、家は家具ワックスのレモンの香りと亜麻仁油の心地いい香りがしていた。

内装は庭と同じく素朴で、同時に意外なほど見栄えよく手を入れられていた。使いこまれた木の床、アクセントとして一面だけ煉瓦色に塗られた壁、作り物の煉瓦パネル。玄関の廊下には額入りの白黒写真がきっちり幾何学的な配置で飾られていた。ジェイソンは、若き日のドクの笑顔を何枚かじっくりと眺めた。

「第１０１空挺師団にいらしたんですか？」

ドクが意外そうな顔をした。

「軍の徽章がわかるのか。そのとおり、〈叫ぶ鷲〉にいたよ」

ドクは落下傘兵だったのだ。第３歩兵師団がエンゲルスホーフェン城を占領した時、彼はその部隊にはいなかった。これでわかりやすい可能性がひとつ消えた。

ジェイソンは壁に掛かった木の額入りの油彩画を眺めた。ヨーロッパだ。ドイツだろうか。バイエルン地方かもしれない。違うかもしれないが。だが、なかなかの腕前だった。巨匠並みとはいかないが、目を楽しませてくれるし、一般的なアマチュア画家のレベルではない。

「あなたが描いたんですか？」とジェイソンは聞いた。

ドクが上機嫌で笑う。

「ほう、どうしてわかった？」

「ＦＢＩなので。なんでも知ってるんです」とジェイソンは真面目くさって答えた。

ドクが腹の底から笑う。

「そいつはいいや。何を飲む、ウエスト捜査官？　大体のもんは揃ってるよ。モンタナ・マルガリータを試してみるか？」

「水で結構」ジェイソンは答えた。「あればアイスティーでも」

ドクの笑みが消えた。

「いやあ、まともな飲み物のことさ。言わせてもらうがな、俺は酒を飲まない男は信用しない」

「俺は仕事中に飲む男は信用しません」とジェイソンは返した。

ドクがまた笑い声を立てる。ジェイソンをキッチンへと手招きすると、そこでブレンダーに氷とテキーラとマルガリータ・ミックスを放りこんだ。

「お前さんがここに来た理由は知ってるよ、もちろんな。どうせキレッタがロイの絵を売りに出したんだろ？」

ジェイソンは答えようとしたが、ドクがブレンダーのスイッチを入れた。

ブレンダーが止まると、ドクが言った。

「あの娘の言うことは一言も信じるなよ。嘘八百並べ立てる娘っ子さ。だが言っとくと根性悪じゃあないぞ。散々な目に遭ってきたからな。考えてもみろ——二回も旦那に逃げられてんだ。一人目のクズは、まだ赤ん坊の娘と山ほどの借金を残してった」

またもやジェイソンは口を開こうとした。そしてまたもやドクがブレンダーをオンにした。

回転が止まると、ドクが言った。

「バートはまた話が違う。あいつは生まれもってのろくでなしさ」

「生まれが関係あるものだとは知りませんでしたね」

「想像以上にそうなのさ、ウエスト捜査官。西部の田舎じゃ同性愛嫌悪《ホモフォビア》はまだまだ盛んでね。まああいつも頑張ってるよ、パティのよき父、シンディのよき夫だ。甥としちゃろくなもんじゃなかったがな」

また氷がガラガラと回り出す。

ジェイソンは苛立ちを抑えこもうとした。金と権力があると気が短い、とスペイン語のことわざに言うが、年寄りというのも急かされるのを嫌うものだ。

ブレンダーが止まり、ドクは小ぶりなパラシュートかという大きさのマルガリータグラスに氷混じりの薄緑色の液体を注いだ。一つはジェイソンのところへ運ばれ、ジェイソンは溜息混じりに受け取った。

「ジェロニモ！」と落下傘兵のかけ声をかけ、ドクがグラスをかかげる。

ジェイソンはグラスの縁をチンと合わせ、グラスを置いた。

「駄目だ、縁起が悪い」とドクがとがめる。

「ミスター――」

「ドクと呼んでくれ。皆そう呼ぶ」ドクはずるずるっとマルガリータをすすって、口をなめた。

「こいつを断るなんて勿体ないことをしたな、ウエスト捜査官」

「ドク、ロイ・トンプソンについて聞かせてもらえませんか？」

「何が知りたい」

「今は、どんなことでも助かります。謎が多くて。どういう人でしたか？　どんな性格だったんです？」

「そうだな、どこにでもいる男だったよ。強さもあり、弱さもあった。誰とも同じさ。友には尽くす。度が過ぎるくらい気前がいい。プライドが高く、そいつを傷つけられるといつまでも根に持った。しかも傷つきやすいプライドでな。いい息子であり、いい弟、いい叔父だった。敬虔じゃなかった。偽善者じゃなかったってことさ」

ドクがそれで全部だというように肩をすくめた。

「出会いはいつでしたか？」

首を振り、ドクは手付かずのジェイソンのグラスを持ち上げると、一息でそのマルガリータを飲み干した。

「ロイと俺は、ギャラティン郡立高校で出会った。高校一年の時、ケイナー先生の美術のクラスでな。それ以来、ロイが死んだその日までずっと友だった。ま、今も友だな」

「友人以上の仲でしたか？」

「友人以上の仲なんて存在しないのさ、ウエスト捜査官。友情は、俺たちの間でなにより大事な結びつきだった。自分で選んだ家族だよ」

「たしかに」ジェイソンは言った。「あなたとロイは、恋人としての関係を持ったことはありますか？」

ドクは考えをめぐらせた。

「恋なんて名前で呼べるもんかどうか。戦争から戻った後、俺たちは時々一緒にすごしてたよ」

「戦時中、あなたの第101空挺師団はどちらに？」

ドクが甘ったるく答える。

「そうだな、ノルマンディーって名前のちょっとした場所があってな。お前さんも聞いたことがあるかもな」

一本取られたと、ジェイソンもうなずいた。

「そうでした。それと、あなたの戦いに敬意を。ありがとうございました。バイエルン州には行ったことがありますか？」

ドクはその示唆を大声で笑いとばしたが、〈叫ぶ鷲〉（第101空挺師団）がバイエルンに駐屯していたと、ジェイソンには確信があった。一九四五年の五月ではなくとも、どこかの時点で。ジェイソンは、それはたっぷりと祖父から戦争の話を聞いて育ったのだ。

「ロイと戦地で一緒になったことはありませんでしたか？」

「いや。まるで違う部隊だった」

バイエルン州にいたというつながりはあっても、十分なつながりとは言えない。それでも行きどまりとは言い切れない。

「あなたとロイはどちらも芸術が好きだった。ロイも画家でしたか？」

「なりたがってたねえ」しみじみとドクが呟いた。「ただそこまでの腕がなかった」

「だが彼は少しの間、絵を教えていた。そして絵画をコレクションしていた」

「そうだな」

「ロイはあなたに自分のコレクションを見せましたか？」

「そりゃね。ロイは誰にでも見せびらかしてたよ」

それが本当なら、ジェイソンとＪ・Ｊの仕事が随分楽になる。

「コレクションの中身を説明してもらえますか？」

ドクが曖昧に言った。

「あいつの趣味は幅広かった。地元の美術商から買ったもの、展覧会で買ったもの、eBay《イーベイ》で買ったもの――あの手の説明文は信じるなってよく言ってやったんだがな」

「そして、彼が戦時中にヨーロッパからアメリカへ送ったもの」とジェイソンは言った。

「さてなあ、そいつはどうなんだか」

「遺族はそう言ってます」

「さっきも言ったろ、ウエスト捜査官、キレッタの話は真面目に取り合わぬがいいのさ」

「あなたはどうでした？　何か戦利品を持ち帰りましたか？」

ドクはそっけなく「誰でもあれやこれや何かは持ち帰ったさ」と言った。

「あなたは美術品を持ち帰りましたか？」

「いいや」

これに関してはドクの返事はきっぱりしていた。

「トンプソン家はファン・エイクの祭壇画の一枚を売却しようとしました」とジェイソンは言った。「その絵と、同時にオークションに出そうとしていた二枚の貴重な絵画は、ナチスが略奪し、バイエルン州に隠していた美術品たちの一部でした」

「ほう、そいつは驚いた」ドクが感心してみせた。「ｅＢａｙでのお買い物で、ついにロイはアタリを引いたらしいな」

その態度が愉快でもあるし、癪にもさわる。

「ドク――」

ドクは冷蔵庫の上の時計に目をやった。

「客に失礼は言いたかないが、もうじき医者に行く時間でね。俺のような歳になると医者の予約が日々のお楽しみイベントになるのさ。ほかに何か知りたいことはあるか？」

「あります。山ほど知りたいことがある。ロイから、エマーソン・ハーレイという名を聞いたことは？」

視界の外へ遠ざかるパレードを見つめるように、ドクが目を細めた。

「ないと思うね」

真実だろうか？　声は誠実だ。ジェイソンは少し肩の力を抜く。

「彼の手紙はどうです？　あなたが持っているものと聞きましたが」

ドクが眉を上げた。

「誰の手紙だって？」

「ロイのです」

「ロイの手紙？　どんな手紙？」

「彼が戦地から書いた手紙です」

「俺たちは戦争中に文通はしてなかったね。大勢の前で言えないことは紙にも書かないほうがいい。検閲の目はどこにでも光ってる」

「あなたとではなく――」

ジェイソンはドクの目がいたずらに光ったのに気付き、また迷路に引き込まれかけていると悟った。

「……彼は、故国の家族に宛てて手紙を書いていました。その一部は地元紙にも掲載されています」

ドクが感傷的な口調になった。

「あの頃はよくあったな。人々は海の向こうの息子たちからの手紙を待ち望んでた。色んな新聞がその手の手紙を載せたもんさ。ロイは迫力ある文章を書いたから」

「そうですか。しかし元の手紙がどうなったかはご存知ですか？　新聞に掲載されなかった分の手紙が」

「家族が持ってるんじゃないかね」

「バートによれば、叔父の手紙はあなたが持っているだろうと」

「バートには、自分のケツの穴と地面の穴の区別もつかないさ」

ジェイソンは微笑んだ。

「質問にちゃんと答えていませんね、ドク」

ドクが小首をかしげ、ジェイソンを眺めた。

「こういうのはどうだい、ウエスト捜査官。まともな酒を飲み交わしにそのうちまた夜にでも来たなら、もしかしたらお前さんの知りたいことを話してやれるかもな」

ニヤッとした。

「やれないかもしれないが」


まあ、それなりというところだ。

もっとうまくやれたかもしれないが、もっと駄目だった可能性もあるのだし。

ドクは、ほぼ間違いなくロイの手紙を持っているだろう。それを見せる気になるかどうかは今後次第だ。複雑な事件でくり返し証人から話を聞かねばならないことはよくあるし、この事件はとにかく複雑そのものだ。

静かな木影の道をレンタカーまで歩いていきながら、ジェイソンはドクの話がどこまで真実なのか見きわめようとする。全体的には、ドクはあけっぴろげに話をしてくれたと思う。はっきりと嘘をつくのは避けていた。ただ、話をそらそうとはした。すべてを知っているわけではないかもしれないが、話してくれた以上のことを知っている。

エマーソン・ハーレイの名を聞いてもピンと来た様子はなかった。安心材料だ。もちろん決定打ではないが、あるべき方向へ動いている。

ドクの誘いを受けて、そのうちまた行ってみよう。時に信頼を築くには時間がかかる。

残念ながら、〝時間〟はジェイソンには許されない贅沢なのだが。

9

ちょうど車のイグニッションキーを回した時、ジェイソンは見覚えのある青いレンタカーがドクの家の向かいの道に停まったのに気付いた。

その車からデ・ハーンが出てきて、道を横切る。

ジェイソンは車のエンジンを切り、止めに行った。

デ・ハーンがジェイソンに気付き、足を止め、それから細い顔に強情な色を浮かべた。

「ここで何をしてるんです、ハンス？」とジェイソンは聞いた。

デ・ハーンは肩をいからせ、まるで叱責されると知りながら覚悟を決めたかのようだった。

「きみと同じことをしに来たつもりだが」

「同じじゃないでしょう、俺は連邦政府の捜査官だがあなたは——」

デ・ハーンが激発した。

「私はどんな法も破っていない！　質問をする権利はある」

「そしてこれらの人々には答えを拒否する権利がある。いいですか、これは権利があるかどうかという話ではないんです。大事なのは、必要な成果が得られるかどうかなんです。もしあなたが俺の行動を後追いしてくり返すのなら、証人たちはいずれ心を閉ざして我々のどちらとも話さなくなりかねない。今だって彼らの口は重いんです」

「ただ黙ってじっとしていることなどできない！」

「それが結果への近道であれば、できますよ」ジェイソンは心を引き締めた。「もしかしたら、あなたは帰国する頃合いかもしれません」

「帰国！」

デ・ハーンは仰天した様子だった。

「そうです。あなたはできることはやり終えた。ここから先は我々にまかせて下さい」

「そんなことはできない。するわけにはいかない」

「ハンス……」ジェイソンは懸命に己を抑えた。ドクの家をさっと見やって、声を低くする。「あなたが俺に連絡をくれたのは、あなたの長年の調査に俺なら望んできた結果が出せると、つまり盗難美術品を返還できると、そう考えたからでしょう？　違いますか？」

「そうだ。しかしきみにはそれができていないようだ。事あるごとに彼らは嘘をつき、否定する。我々の側には進展がない」

「何を言ってるんです、俺はまだ始めたばかりですよ。少しは時間を下さい。すでに、キレッタとバートから、ファン・エイクとオークションにかかっている二枚の絵についてふたたび交渉の席に着くという言質を取ったでしょう」

「彼らにはそうするしかなかった。売買の差し止め命令が出ているんだ」

「しかし彼らは控訴していない。いい流れだ。我々の目的どおりだ。彼らは美術館への協力の意志も示しはじめている」

「だがほかの品は持っていないと否定した。フェルメールの存在を否定した」

「ええ。そうです、だからこそ、俺が捜査を続けているんです。彼らの言葉を額面どおり受け取ってはいない。しかし嘘だという証拠もないんです」ジェイソンはつけ足した。「そしてフェルメールに関しては、目録に記述されていた絵がフェルメールかどうかもわかっていないんです」

「説明文がまさにあの絵に当てはまる」

「似ているのはたしかです、しかし――」

「ここで感じるんだ」デ・ハーンが左胸に手を当てた。「彼らが持っている、わかる、わかるんだ」

ジェイソンの脳裏に突如として、ゲイについて〝第六感〟があると言っていたJ・Jの姿が浮かんだ。溜息をつく。

「わかりました。でもそれも証拠にはならない」

「私が証拠を見つけてくる！」

「それは俺の仕事だ、あなたのじゃない」

「だが私はきみと同じルールには縛られ――」

「そこまで！」

ジェイソンはぴしゃりと言った。

デ・ハーンは驚いたような、そして少し傷ついたような顔で黙った。

ジェイソンはもっとおだやかに言う。

「黙って、俺の話を聞いて下さい。俺たちの目的は同じだ」

そして、それは真実だった。たしかにジェイソンにはそれ以外の目的もある――祖父が横奪に関わっていなかった証拠。だが最終的な目標は貴重きわまりない至宝をその祖国へ返還することだったたし、信じられないが、どうしてか祖父が美術品の持ち出しに関わっていたのであれば、それらをあるべき場所に戻す仕事はジェイソンにとってより重要なものとなる。償いと返還を、ジェイソンが果たさねばならない。

「ハンス、俺は味方だ」とジェイソンは言った。「わかると言うなら、あなたにはそれもわかるはずだ」

デ・ハーンがジェイソンの目を見た。肩を落とす。

「ああ」

「苦しいのはわかります、でもあと少し俺を信じて下さい。逐一報告をすると約束します。だから俺に仕事をさせて下さい」

デ・ハーンは迷い、明らかに苦悩していた。

「何かわかったら、今夜、私に電話で教えてくれるか？」

「成果があろうとなかろうと、電話で状況を伝えますよ」

信じないかのように首を振ったが、ついにデ・ハーンは背を向けた。

ジェイソンはデ・ハーンが車に戻って走り去るまで見送ってから、自分の車に戻った。


ジェイソンがボズウィン地方支部のガラス扉を抜けようとした時、生垣からとび出してきた誰かがパシャッと彼の写真を撮った。

その一瞬、ジェイソンは頭に血が上ったあまり、その男を引き倒して当人のカメラでぶん殴ってやろうかと思ったくらいだった。それが顔に出ていたのだろう、記者は後ずさりして『報道はルール無用さ』とでも言いたげに両手を広げてみせた。

そう、そのとおりなのだが、それでも痛めつけてやりたい気分だった。衝撃の一瞬、まるで違うことが起きたかと思ったせいもある。完全に不意打ちをくらったことが、少し恐ろしい。いつでも身がまえておかなければ。いつまたカイザーがやってくるかわからないのだ。

何の悪意も、危害もここではなかった。カイザーではなかったし、決定的瞬間ではなかったとは言え、この撮影が昨日の銃撃事件絡みかジェイソンとラッセルがこの町に来た理由がどこかから洩れてのものなのかはわからないが、新聞に写真が載るのはまずい。

まったく……。

ジェイソンはそのままオフィスの中に進み、小さな迷路のように仕切られたデスクの間を抜けていった。どこの地方支部も大よそそっくりなのは不思議なくらいだ。机の上の鉢植え、壁に貼られて次の休暇までの日付をバツで消されていくカレンダー、家族写真入りの写真立て。この数日で、それぞれの写真すら目になじんできた。

会議室を通りすぎると、椅子にもたれたサムが腕組みし、ホワイトボードに占星術のシンボルらしきものを描いているペティ捜査官を満足げに眺めている様子が目に入った。

おかげでジェイソンのムードはかけらも上向かない。

「お、戻ったな」

割り当てのオフィスに入ってきたジェイソンに、Ｊ・Ｊが声をかけた。

「どうだったよ？」

「そのうちまた話を聞きに行かないと。俺が帰る時、入れ違いにデ・ハーンがやってきて」

「デ・ハーンが？　あいつ何なんだ。あんたさ、あの男をどうにかしたほうがいいって」

「どうやって？」

「知るかよ。口がうまいのはそっちだろ。言いくるめられなきゃ一発ズドンとかまして――」

そこでJ・Jの言葉が途切れた。二人はお互いを見つめる。J・Jが手帳を取り上げた。

「今回の主役どもについて調べておいたぞ。キレッタはな、なんとビックリ、元ミス・モンタナだぜ。彼女の二つ目の栄冠だ。警察の厄介になったことはない。仕事は管理補佐で――それも高給取りで――ビッグ・スカイ連邦信用組合で働いてる」

ジェイソンは半分聞き流しながらうなずいた。入り口での出来事でまだ動揺している。生垣にひそんだ男の存在に気付きもしなかった。どうして気付けなかった？　もっと気を張っていなければ。

「キレッタの一人目の旦那は、高校時代のカノジョと駆け落ちした。今は一緒にアリゾナ暮らし。電話確認中だ。二人目の旦那はネットで会ったどっかの女と逃げた。ネットだけのつき合いじゃなかったんだろうな、女は妊娠してたって話だし。ま、そういう」

ジェイソンは顔を上げた。

「バートのほうは？」

「警察の記録はキレイなもんさ。バートは遅くに結婚した。ずっと若い妻とな。ってか姪と同じような年だよ。出会った時、彼女は妊娠してた。生まれた子供がパティだよ、ブロディ・スティーヴンスが殺そうとか何とかした娘さ。奴がビッグ・スカイ観光牧場を銃撃した時に」

殺そうとか何とかした、という部分をジェイソンは聞き逃さなかった。ぞっとするが真実だ。ブロディ・スティーヴンスにはパティやほかの誰かを殺そうというつもりなどなかったのかもしれないが。ただパティの気を引こうとしただけで。愚か者と銃の不運な取り合わせだ。

「バートの信用調査のほうはどうだ？」

「あいつはビジネスよりカウボーイ向きだね。叔父が遺した金があっても経営は火の車さ。ありとあらゆるもんが抵当に入ってる」

「気になるな。そうか。バートは絵の売却金がほしいだろうな」

「今すぐにでもな」

「姪のほうは？　又姪のことだが。キレッタの娘の」

J・Jが手帳を眺めた。

「ああ、それな。テリー・〝ベイビー〟・メイヒュー。三十九歳、既婚、家にいる……専業主婦ってやつだな。仕事はしてない。子供なし。旦那のゲイリーは四十歳で、どうやら儲かってるらしい自動車修理工場を地元で経営してる。ここが興味深いとこでな、ゲイリーは前科持ちだ」

ジェイソンは顔を上げた。

「ほう？」

「そうさ。不法侵入、それも強盗に近い。刑務所に入ってた。二十一歳の時だ」

「二十一歳？」ジェイソンは検討し、切り捨てた。「それ以来問題は起こしてないんだろ？」

「それ以来捕まってないんだ」

「なるほど。たしかに、法を軽視する傾向があるということか」会話を反芻《はんすう》する。「さっき、キレッタに二つ栄冠があると言ってたのは？」

J・Jが笑いをこぼした。

「キレッタとロニー・マッコイ、旦那第二号はな、毎年の〈冬カボチャ祭り〉で三年連続、王と女王の栄冠に輝いてる」

ジェイソンは鼻を鳴らした。

「なのに夫はその栄光を捨てて駆け落ちしたって？」

「悲しいかな、旦那はよそのシンデレラに目移りしたらしい」

ジェイソンは笑って首を振った。

J・Jが彼をチラチラ見て、それから言った。

「フィリップスは何か言ってなかったか？」

「いや。何故だ？」

「彼女の話じゃ、デュエイン・ジョーンズは殺人未遂での審理になるだろうって」

一瞬、誰の話かわからなかった。そうか、デュエイン・ジョーンズ。あのトラックを運転していたガキだ。銃撃の唯一の生き残り。

いや、生き残りの一人。

「当然だろうな」

「ああ」J・Jが聞いた。「そろそろ俺たちも何か言われてもいい頃じゃねえか？」

「何について」

「昨日のこと、とか？　つまり、発砲行為審議会《SIRG》から」

「いや、まだ早すぎる。証人聴取と鑑識結果の分析中だろう。ひと月はかかるかもしれないな」

半分聞き流しながら、J・Jがうなずいた。

ジェイソンは言った。

「俺たちの行動が適正だったかどうか、少しでも疑義があったなら、今こうやって普通に仕事なんかさせてもらえないよ」

「ああ、わかってんよ」

ジェイソンはそのままパートナーを眺めた。

「大丈夫なのか？」

J・Jが肩をすくめる。

「と、思うよ。なんとなく、これが嵐の前の静けさだったら嫌だなとか、そんなもんだ」

「それはないだろう。今は天気予報も進んでいるから」

J・Jが上の空で愛想笑いを返す。

「ジョージとは話したのか?」とジェイソンは聞いた。

「もちろんだ」

そこでジェイソンは一瞬ためらう。

「もし、誰かに話したいなら——」

J・Jが噴き出した。

「あんたが俺をカウンセリングするってのか?」

「まさか」ジェイソンのほうも負けずにぎょっとした。「いろんなサポートが用意されてるって言いたかっただけだ。俺もマイアミの後でカウンセリングを受けた。何も恥ずかしいことじゃない。助けになる」

「あんたはマイアミで撃たれたほうだろ。俺とはちょっと違う」

「ああ。それぞれ違う、心的外傷《トラウマ》を残す出来事だ。要は——」

「トラウマなんかねえ」J・Jがさえぎった。「ブロディ・スティーヴンスは元彼女《カノ》をストーキングしてつきまとった——未成年の元彼女《カノ》にだ。あんなヤツ、地上から消えて何の損もねえ」

ほほう。

ジェイソンは両手を上げた。

「いいよ。まかせる。俺は何も言わない」

「そいつはどうも」とＪ・Ｊがぼそっと返した。

ジェイソンは携帯電話をたしかめた。四時半。ぎりぎりもう一件聞き取りに回れそうだ。

「俺はあの又姪、メイヒューに話を聞きに行こうと思う。彼女の住所、わかるか？」

Ｊ・Ｊが携帯電話を取って住所を転送してきた。

「あんた、新聞社の資料室に一刻も早く駆けつけたいんじゃなかったのか？」

「過去記事は逃げやしない」

「さっきはそんな感じの態度じゃなかったぜ」

「記事の中身は俺には変えられないからな」

「は？」

「気にしないでくれ。新聞社のほうは明日当たる」

「わかったよ。ま、好きにやるさ。メイヒューへの聴取、俺も行ったほうがいいか？」

ジェイソンは軽い調子で返した。

「いいや。きみの調査でいい材料が出てきたと思う。もっと掘ってみてくれ」

「仰せのとおりに」

Ｊ・Ｊは自分のノートパソコンに目を落とした。

キレッタの娘、テリー・メイヒューがどうして〝ベイビー〟なんてあだ名になったのか、見るとすぐわかった。

四十歳近い年齢にもかかわらず、彼女は子供《ベイビー》のように見えた。むしろ幼児というほうが正確か。ぽっちゃりして、ハート型の顔をし、黒髪のカールは短く、茶色の目は大きく、そして両頬の完璧な形のえくぼ。

もっとも、ジェイソンが身分証を見せた時のぎょっとした彼女の様子には、良心の呵責がにじんでいた。

「弁護士なしで話はできないの」

警戒心をむき出しに、彼女は玄関ドアを閉めようとした。

「待って下さい」ジェイソンはそのドアをつかんで押さえる。「ミセス・メイヒュー、あなたが困るような状況は何もありません。ＦＢＩとの話を拒むような、そんな理由があるとも思えないんですが」

ベイビーはためらい、玄関を開けた。

「ありがとうございます。お時間は取らせません」とジェイソンは告げた。

「そろそろ夫が帰ってくるのよ」

「心しておきます」

気乗りしない様子で、ベイビーは異様に見えるほど一点の曇りもなく磨き上げられた廊下を通り、まるでミスター・潔癖症がデザインしたかのようなリビングに入った。白い壁、白いカーペット、白い家具、白いブラインド。手術室のほうがもっと色彩豊かだろう――ぬくもりもある。

ベイビーは清潔そのものの白い椅子の一つに座るようジェイソンに手を振って、自分はソファの後ろに回りこんだ。油断なく見張られながらジェイソンは腰を下ろし、この椅子に座った人間は自分が初めてなんじゃないかと思う。

「何か飲みます？」彼女が渋々と聞いた。「紅茶？　コーヒー？」

「いただきたいのは情報だけです」

ジェイソンは微笑んだ。いつもはこの笑顔でいい結果が引き出せるのだが、ベイビーにはまったく通用しない。

「こんなところまで何しに来たのかわからないわ」彼女がいきなり言った。「私は何、も知らないから。何にも関係ない」

「関係ないって、何にです？」とジェイソンは踏みこむ。

「何ひとつよ。ロイ大叔父さんが戦争からあれこれ持ち帰った時、私は生まれてもいなかったんだから」

「あれこれとは、どんな品のことですか？」

　ベイビーが怯えた目をジェイソンへ向けた。

「あなたが、ママとバート叔父さんを問い詰めている品物のことよ」

　ほほう。ベイビーという呼び名に続いて、今度はママときた。少しばかり「キモい」と、ジェイソンの十四歳の姪のノーラなら言うだろう。

　このあたりの呼び名と関係性をサムに性格分析してみてほしいものだ。

「中にどういう品があったのか、説明してもらえませんか？」

「嫌」ベイビーは言い直した。「どれがロイ大叔父さんが持って帰ってきたもので、どれがただの……大叔父さんのものなのか、わからないから」

「そうですか。彼はたくさんの品を持ち帰ってましたか？」

　ベイビーがゴクリと唾を飲んだ。

「知らない。どうして私に聞くの」

「あなたの名は大叔父の遺言に相続人として含まれているので、彼はあなたを気に入っていたように見えます。それにほかからも、彼は物惜しみせず思いやり深い人だったと聞いている」

「そのとおりの人だったわ！」

「なので、彼は自分の美術品コレクションの中から、あなたに好きな品を選ばせたのではないかと」

大当たり。

座ろうとしていたところだったベイビーは、その言葉にはっと立ち上がり、恐怖に顔を凍りつかせた。

「そんなことしてない！」

「わかりました」ジェイソンはあっさり引いた。「してないんですね。大叔父さんはどんな方でした？」

「そんなの、一体……何を聞き出そうとしてるの」

ふうむ。何を聞き出そうとしていると、彼女は思っているのだろう？

ジェイソンは微笑んだ。

「裏なんかありませんよ。一度もお会いしたことがないので、人となりをつかむのが難しいんです。ほかの人に印象を聞くしかない」

「そうなの」ベイビーがいきなりニコッとして座った。「素敵な人だった。すごく芸術家肌でね。それにいつもおもしろい話を聞かせてくれた。教養のある人で。ヨーロッパに行ってたの」

「戦後にも、ということですか？」

「そう。何回かね」

「彼の友人と会ったことはありますか？」

ベイビーの顔に警戒心が戻ってきていた。

「そんなの私にはどうでもいいことよ。大叔父さんは、私にはとても素晴らしい人だった」

よし。これで今度こそはっきりした。

「大叔父さんはゲイだったんですね。違いますか？」

「他人には関係ないことでしょ！」

「そのとおりです。あなたの叔父さん――失礼、大叔父さんから、エマーソン・ハーレイという名を聞いたことはありませんか？」

彼女が首を振り、巻毛がはねた。

「もうご存知でしょうが、あなたのお母さんと叔父さんが大叔父さんのコレクションから三枚の絵を売ろうとしたところ、その絵はナチスに略奪された美術品の一部だったんです」

ベイビーはうなずいた。

「ママたちは知らなかったのよ」と囁く。

「もちろん、そうでしょう。亡くなった大叔父さんの美術品コレクションの中に、その絵と同時期に入手したと思われるものはありませんでしたか？」

彼女は素早く首を振った。

「あなたの母や叔父が、大叔父の美術品コレクションからほかの物を売ろうとしているかどうか、あなたはご存知ありませんか？」

ベイビーが口を開け、ためらった。

「ほかには何もないもの」と言い張る。

ジェイソンは溜息をついた。

「ミセス・メイヒュー。テリー……連邦捜査官相手に偽証をするとどうなるか、ひとつ警告をしておきます」

ベイビーがヘッドライトに立ちすくむ鹿のような目つきになる——そしてまたゴクリと唾を飲んだ。

「あなたは今現在、特に厄介な立場ではありませんし、それを変えたくはないと思います。そこで、ひとつ忠告です。正直に答えるか、答えるのを拒否するか——拒否は雄弁な答えですがそれでも、そのどちらかにすることです。ただ、嘘をつくのだけはいけない。ありがたくない目に遭いますし、あなたの母や叔父にも何もいいことはない」

彼女が唇をなめて、何か言おうとした。

床板のきしみが聞こえ、ジェイソンが身を固くして向き直ると、「一体何だ？」という大声が向こうの廊下から響いてきた。

ベイビーがとび上がる。

「ゲイリー！」

「何をしてんだ、テリー？」

「私は――この人は、ＦＢＩの」

「ＦＢＩだってのはわかってる。こいつに一言も口を利くな」

「ミスター・メイヒュー？」ジェイソンは立ち上がって身分証を出した。「私は特別捜査官の――」

「そうさ、俺はテリーの夫だ。てめえが誰だかはどうでもいいよスーツ野郎。さっさと出て行け」

「本当に？」ジェイソンは聞き返した。「そういうやり方がしたいんですか？」

「ああ、これでいいに決まってんだろ。令状がねえなら俺の家から出てけ」

ジェイソンは慌てず騒がず財布を開け、名刺を取り出して、それをベイビーにさし出した。

「テリー、気が変わったらいつでも電話して下さい」

彼女は刑務所への片道切符であるかのように名刺を凝視していたが、震える指でそれを受け取った。

「気なんか変わらねえよ」

ゲイリーが、すれ違うジェイソンに向けて言い放った。不毛のトンネルを抜けて玄関へ出るジェイソンを追ってくる。

ジェイソンはタイル貼りのスペイン様式のポーチへ踏み出した。

「何を恐れているのかわからないが」と彼は言った。「しかしその態度はいらぬ疑いを招きますよ」
眼前で、ゲイリーがドアを叩きつけて閉めた。

10

デ・ハーンは電話に出なかった。

ジェイソンはメッセージを残してテリー・メイヒューと話をしたことを伝えると、カール・シュッツの『フェルメール完全集』を手にして、ホテルのフロントにおすすめのレストランを聞き、夕食に出かけた。

一人での食事には慣れている。いい本が一冊あるほうが、J・Jとの同席より気が楽だ。J・Jはスポーツの試合結果を延々と語ったり今の彼女の良し悪しを云々したり、自分の全盛期をジェイソンにつれられて美術犯罪班《ACT》の捜査で無駄にしていることを愚痴ったりしてばかりなのだ。もっともここのところ、仕事の愚痴はあまり言わなくなってきた。

結局ホテルから徒歩圏内のメキシコ料理店に落ちつき、ジェイソンはライスと豆を乗せたタコス、それと（酒量へのサムの忠告を思い出して）ダイエットコーラをたのむと、読書と時おりの食事とで、意外なほどくつろいだ一、二時間をすごした。

シュッツの本は目にも美しく、綿密な調査に基づいていた。一般にフェルメール作と認められた三十四点の絵画すべてが掲載され、美麗なカラーページの印刷が絵の中の筆使い、色調、構図、身振りなどすべてを再現している。幾枚か大きな折込ページもあったが、サルサのしみがつくのが怖くてここではとても広げられなかった。

フェルメールの生涯は謎に包まれており、生まれた日すら不明だ。弟子入りの記録もなく、ゆえに——ありえないことだが——独学で絵を学んだという説すらあった。だがその作品の卓越した技と独特さを思えば、その説も頭から否定はできないか。単なる精密さや快美の域を超えた、人間離れした美。事実、別の仮説では——シュッツに否定されているが——フェルメールはその精妙な結果を得るためにカメラ・オブスクラを使ったとも言われている。

ジェイソンがフェルメールの作品について特に驚嘆するのは、その普遍性で、フェルメールが十七世紀のオランダの日々の暮らしの、主に家庭内の光景を描いていた点だ。それらの絵の何が、二十一世紀の人々の心にこれほど響くのだろう？　フェルメールの作品の大部分、とりわけ全盛期のものは、デルフトにあった彼の家の小ぶりな二部屋を舞台にしている。くり返し幾度も、絵の中に同じ家具や調度品が配置を変えて現れ、フェルメールは頻繁に同じモデルを描いた。ほとんどは女性だ。

それどころか単身の男性を主役として描いたのはたった二枚の絵（現存する絵のうちで）だ

けであり、後期に描かれたその二枚は『天文学者』と『地理学者』と題された。というか、少なくとも現在ではそう呼ばれている。一七一三年にさかのぼれば、この二枚はオークションにかけられた際に〈図学者を描いた作品〉とその〈同名〉として売られており、フェルメールの題名センスのなさを裏付けていた。

その二枚（フェルメールの全作品でも特にジェイソンのお気に入りだ）についてさらに興味深いのは、一枚目が一六六八年、二枚目は一六六九年に描かれたというのに、同じ男がモデルだという点だ。仮説のひとつによれば、このモデルはフェルメール本人。別の仮説によれば、フェルメールの友人であり遺産管財人、かつ名のある微生物学者であったアントニ・ファン・レーウェンフック。どうだったのだろう。厳然たる事実は、三十代後半で長い黒髪と謹直な顔のすらりとした男性が、あるいは一対の作品であったこの二枚をフェルメールが描く間、モデルの役を果たしたということだけだ。

すなわち、『奥の部屋で手を洗う紳士、稀覯品《きこうひん》とともに』が実在していたならば、それはまさしく稀少で、それこそ稀覯な絵なのだ。

シュッツの本の中では特に『手を洗う紳士』について新事実は述べられていなかった。その絵が実在したことはたしかだが、絵がエンゲルスホーフェン城の地下トンネルに現れるには、それまでに二つの世界大戦と長い歳月を乗り越えねばならない。

ありえないという意味ではないが。

夕食を切り上げ、ジェイソンはホテルまで歩いて戻った。

その頃にはもう暗く、ぬるい夏の夜の中に光がチカチカとともっている――そのいくらかは蛍だ。涼しい夜風が、澄みきった夏の空気と広々とした平原の香りを運び、歩道を吹き抜けて木々の葉や旗、思い思いに塗られた吊り看板を揺らしていく。歩道は人で混み合っていたが、目が合うと知らぬ相手からも笑顔が返ってくる。遠い音楽と、彼方からの悲しげな列車の叫びが聞こえていた。

ボズウィンは大学の町だ。美しい町でもあり、ブリッジャー山脈の青黒い影に守られ、景観を守る努力もしていた。アールデコ、イタリア風、ミッション・リバイバル様式など種々雑多な建築物があるが、どんな様式であってもそれを美しく守ろうという努力がうかがえる。ジェイソンはそこが気に入っていた。それに買い物をする場所にも困らないし、食事も酒も店が豊富だ。滞在するにはいい場所だった。間違いない。

それでも、人種や文化の多様性の欠落はどうしても目についた。さらに、じつに交通の便のいい空港があるものの、ジェイソンが行かねばならないあらゆる場所からとにかく遠い。

足を止めて、閉じているアートギャラリーを窓からのぞこうとしたジェイソンは、ガラスに映った警察車両のＳＵＶに気付いた。振り向くと、野球帽をかぶったサンドフォード警察署長の銀まじりの髪とごつい横顔が見えた。

署長はまっすぐ前を見ていてこちらには気付いていないようで、それにほっとする。地元の捜査機関がＦＢＩを諸手《もろて》を挙げて歓迎しないのはよくあることだが、ああも敵意ある対応をされるのも珍しい。

それにジェイソンは、牧場が銃撃されたバート・トンプソンが真っ先に助けを求めた相手がボズウィンの警察署長だったという点が今でも引っかかっていた。署長はあの一家の友人なのかもしれないが、バートとはそんな仲良しにも見えなかった。

ホテルに戻ると、ノートパソコンを取り出して、仕事に取りかかった。出張中の夜はいつもこんなものだ。

サムの夜が空いていたなら、町を歩き回ってポスターやチラシで見かけた夏のイベントに参加するのもきっと楽しかっただろう。地元の映画館では昔の西部劇がかかり、モンタナ州立大学は夏のシェイクスピア・フェスティバルを開催しており、メインの通りでは夏の音楽祭が大いに賑わっている。

だが、二人は休暇中ではないのだし、ジェイソンは報告書を書かねばならない。正確な捜査報告となるよう細心の注意を払い、特にエマーソン・ハーレイの関与を疑う部分やその周辺について、何の書き落としもないよう目を配った。

いずれ最終報告書を出す時が来たなら、どんな調査結果になっていようと、ジェイソンは自分とエマーソン・ハーレイとの特別な関係をすべて明かすつもりだった。美術犯罪班《ACT》の上役、カラン・キャプスーカヴィッチが嫌な顔をするのはわかっている。それどころか。そしてジョージ・ポッツ、LA支局での上司は、さらに嫌な顔をするだろう。ジェイソンのファイルに譴責処分が追加される可能性は大いにある。かなりこたえることだ。

なにしろ譴責処分を受ければ、競争の激しい美術犯罪班で勝ち得た立場を失うかもしれない。そんなことにならなければいいが。ならないだろうとは思っていたが、確実なところはわからない。リスクを承知で踏み出したこの道を、最後までつきつめなければならないという覚悟はしていた。

別の可能性もある——解雇通告。だが、それについては考えないことにしていた。

己のルールに従ってジェイソンは、叔父が絵を持ち去ったのは上官からの命令だったというキレッタの主張を記述し、さらにロイ・トンプソン大尉の共犯者は建造物・美術品・公文書部《MFAA》隊の副長エマーソン・ハーレイであった可能性が高いというデ・ハーンの確信についても記述した。

同様に、テリー・メイヒューもエドガー・ロバーツもハーレイの名に聞き覚えがなく、トンプソンが言及していた記憶もない、という事実も記入したが、天秤としてはまだ分が悪い。とは言え、まだ捜査の初期段階だ。

できればボズウィン日刊新聞の資料室で実のある時間をすごして、過去記事にほかの容疑者の名前を見つけたいものだが、デ・ハーンがこれまで見つけられなかった以上そんな相手はきっと存在しないのだ。

報告書を書き上げ、メールをチェックして返信したり、進行中の案件に出張先からできるだけの確認を入れているうちに夜十時を回っていた。サムからはまだ連絡がない。

今日は見込みなしのようだ。

『手を洗う紳士』についてさらに調べようとしたが、今以上の発見はもうなさそうだ。

ただ、この失われた歴史的絵画を二〇一三年にデルフトのアーティスト、アルトゥル・スタムが想像で再現し、その春にデルフトのギャラリー〈ラウムテ・レメリンク〉で展示されていた作品を見つけた。その絵は、まあ……フェルメールとはかけ離れている、当然。

おもしろい試みとは言えたが。ジェイソンは再現された部屋と中心にいる小さな、ふっくらした人物をじっくりと眺めた。技巧や色調、構図、フェルメールならではの妙技という点をおいても、ジェイソンから見るとスタムは完全にフェルメールの作品の要点（としか言いようがないもの）をわかっていないように見えた。

スタムはさらにこの失われた絵に挑み、今度は立体作品に仕上げた。それは、ジェイソンの意見によれば、前よりなお悪い。フェルメールは単におだやかな家庭の光景を描いたのではない――彼は生きるということの本質を、さらにはきっと文明の真髄を伝えようとしたのだ。フェルメールの作品にある深遠さ。彼が選んで描いた光景は、シンプルだからこそ不思議とその重要性や崇高さが際立つ。フェルメールは、人間であるということの意味を描き出しているように見えた。

だがそれを言うなら、フェルメールの失われた作品を再現しようとするスタムの奮闘もまた、人間であることの意味を示している。

十一時を回って、携帯電話が鳴った。ジェイソンはてっきりサムだと思って電話に出たが、画面に表示されたのはデ・ハーンの番号だった。

「どうも、ウエストです」

電話をかけるには少し遅い時間だったが、そのことを気にするより早く耳ざわりな雑音が聞こえ、続いて甲高い音……どう表現したものかわからない。うっかりファックス番号に電話をかけた時と、金属のゴミ箱につまずいた時の中間のような音が聞こえた。

「ハ、ハンス？」

通話が切れた。

ジェイソンはかけ直す。

呼び出し音が鳴りつづけ、しまいに伝言メッセージに切り替わった。

一体どうしたというのだろう。

間違い電話のようだが。デ・ハーンのポケットの中でたまたま携帯が押されたとか？

ジェイソンはあくびをし、コーヒーを淹れようかと迷い——飲みすぎだと身震いして、ネットサーフィンに戻った。

さらに以前に作られていたスタムの立体再現作品を発見したが、少なくとも主題としてはこのほうがいつものフェルメール作品に近い。ケース入りの展示作成の短いメイキング動画がついていた。スタム本人によればこの初回の試みは『夢のような絵、フェルメールの精神を受け継ぎ、二十世紀の人間の気配などない』ものだった。

まあ……ふむ。

『手を洗う紳士』が幾世紀にもわたって創作意欲の炎をかき立ててきた点は、疑問の余地がない。

ひとつには、フェルメールによって残された精緻な作品の少なさがある。そう長くない生涯でもフェルメールがどうしてこれほど少数の作品しか生まなかったのかには、様々な説が唱えられてきた。フェルメールはじっくり、丹念に描いていた。シュッツは否定するが、カメラ・オブスクラの使用についても議論の余地は十分あるし、使っていたならなおさら進捗は遅れただろう。フェルメールはとても高価な顔料を好んだが、裕福ではなかったから、求める画材がなかなか揃わなかったのかもしれない。それに画業では妻と十一人の子供たちを養えなかったので、普段は画商や宿の主人として働いていた。その上、聖ルカ組合（地元の画家の組合）の理事としても忙しかった。

生前それなりの評価は得ていたというのに、フェルメールは借金の山を抱えて死に、二百年近くにわたってほぼ忘れ去られてきた。十九世紀になって作品が再発見されると、今度は引く手あまたとなる。

ナチスが個人コレクションにあったフェルメールに出くわしたなら、すぐさまその真価を悟っただろう。組織全体が躍起になって世界の文化的至宝を収奪しようとしていたのだから。エンゲルスホーフェン城に隠されていた宝のほとんどが、ヒトラー自らの〈総統美術館〉のためのものであった。

その観点からいくと、フェルメールのあの作品が本当に存在したならば、エンゲルスホーフェン城で見つかったのは当然の流れとも言えた。


頭の下の携帯電話が鳴ったのは、深夜一時すぎだった。とび起きたジェイソンが通話を押すと、サムの声が言った。

『電話しろって話だったが、もう遅いし、お互いくたくただ。だからお前がそのまま寝直したいなら……』

ジェイソンは落胆を呑みこんだ。

「ええ、いいですよ。そのほうがいいなら」

『俺としては、お前がドアを開けてくれれば一緒に寝直せるから、そのほうがいい』

ジェイソンがすっ飛んでいってドアを開けると、サムが、眠そうな目と乱れた髪をして、室内へ踏みこんできた。

ジェイソンは彼を抱きしめた。

「どうしてノックしなかったんです?」

「隣を起こしたくないだろう。お前は眠りが深いから、ウエスト」サムが彼にキスをして——そしてまたキスをする。「廊下の向こうからでもお前のいびきが聞こえたぞ」と歩きながらも服を脱いでいた。

ジェイソンはキスを返し、ノートパソコンやメモ、本が散らかったベッドへとサムをつれていく。急いでベッドの上を片付け、掛け布団を引っ張り上げると、すでにネイビーのブリーフ姿になっていたサムがベッドに倒れこんだ。

ジェイソンは頭上の明かりを消し、ベッドサイドのランプを消し、サムの隣にもぐりこむ。

サムが彼に腕を回し、引き寄せて髪に顔をうずめ、すぐさま眠りに落ちた。

11

セックスの音で目を覚ましていた。

激しく、声高なセックスの。

まず最初に、それがJ・Jとマルティネスの行為の音だという恐ろしい考えがよぎった。

ホテルの壁の中で――。

あるいは窓の外で。

どこか、すぐそこだ。くぐもった音だが神経にさわるくらい近い。しかも延々と続く。

勘弁してくれ、とっとと済ませてくれ――。

突然、はっきりと羽音が混じって、ジェイソンはぎょっと硬直した。

異性愛者《ストレート》のセックスは風変わりだ。

頭を上げて、ジェイソンはぼんやりとまたたいた。

「どうした？」とサムが呟いたが、目は開けない。

「聞こえませんか？」

「ん？」

少しの沈黙があった。サムがまどろみに戻ったのかどうか、ジェイソンにはわからない。

やがてサムが眠そうに「鳩だ」と言って、うつ伏せに転がり、顔を半ば枕にうずめた。

「鳩？　ええ？」

ホテルの、セックスマニアの鳩たちは、さらにウサギのごとく（いや鳩のごとくか）精力的に行為にふけり、その間ずっと気まずくなるほど人間らしい声を上げていた。

「いや、だってこの音、まるで……」

鳥たちが——その一羽が？——喉を震わせて最高潮の声を立てたので、ジェイソンは言葉を切った。

「……信じられない。この音、まるで隣の部屋の誰かが、ほら、売春婦をつれこんでるみたいじゃないですか？」

サムの肩が震え出した。枕の中に抑えた音がこもる。

ジェイソンは狼狽の目を向けた。

「だって、あんな様子の鳩なんてカリフォルニアで見たことないですよ」

サムが喉でアニメの犬、ケンケンのような喘鳴《ぜんめい》を立てる。横倒しに転がってジェイソンを引き寄せた。

「温室育ちだな、ウエスト」

「そういうわけでも」

「どっちが傑作かわからんな。鳥類のセックスに憤慨しているお前か、あんなセックスなら売春婦が相手だろうと決めこむお前か——」

ジェイソンは笑い出した。

「別に憤慨なんか——」

「そうか。ならお前は、標準的な行為をするにはまずエスコートサービスを呼ぶのがデフォルトだと思ってるのか？」

サムはあまり笑わないし、大笑いなど滅多にしないので、ジェイソンは喜んで――微笑みながら――サムの目の笑いじわとちらりとのぞく歯を見つめた。

「そんなことないですよ。まあどうでもいいです。でもほら、ちゃんと聞いてみて」とジェイソンは言い張る。今はもう、ただもっとサムを笑わせたいだけだ。「エアコンから羽根がたっぷり吹き出してきても驚きませんね」

サムがまた笑い声を立てた。「もっと時間があればな。俺もお前とゆっくり羽を伸ばしたいよ、ウエスト」

「んん……」

それは、さぞやいいだろう。疑いなく。

そのジェイソンの思いを読んだようにサムが言った。

「こういうのもいいな。目を覚ますとお前がいるのがいい」

ジェイソンも「もっとやりたいですね」とうなずく。

「そうだな」

サムはすでに惜しそうな口調になっていて、お互いそんな暇などないのはわかりきっていると言いたげだった。無論、そのとおり、わかりきっていることだ。

少しの間、二人は抱きあい、おだやかに調和する呼吸の中、会話もなく、動きもしなかった。やがてサムが息を吐き出し、頭を上げ、時計を見た。

唸る。

「時間ですか」とジェイソンは聞いた。

「もう出遅れてる」

サムはジェイソンの額にキスを落とし、起き上がると、服を拾い集めた。

ジェイソンも起き上がり、バスルームへ入っていく。電動歯ブラシのスイッチを入れ、「今夜の予定は？」と聞いて返事に耳をすました。

「今のところない」

無論そのままとは限らないが。サムも続けた。

「後で知らせる」

服をすっかり――大体のところは――着込んだサムがバスルームに入ってきて、ジェイソンは歯ブラシのスイッチを切った。

サムが彼にキスをする。「ミントか」唇から泡を拭ってつけ足した。「気をつけろよ」

「俺のことはわかってるでしょう」

「わかっている。だから、気をつけろよ、ウエスト」

「そっちこそ、ケネディ」

ジェイソンは鏡の中の自分を見つめ、ドアが閉じる音を聞いて、溜息をついた。

今日もまたジェイソンはJ・Jより先に朝食の席についた。コーヒーを飲みながらデ・ハーンに電話をかけてみる。

応答なし。

今回はメッセージすら残せない。かわりに応じたのはあの嫌な『おかけになった相手は現在応答できません』という言葉。

少し引っかかった。デ・ハーンが何かで機嫌を損ねているとか？　そうだとしても、意見を遠慮するタイプではないだろう。昨日、ジェイソンに対して不満を抱きはしていたが、口もきかないほどのものではない。

現時点において、ジェイソン側よりもデ・ハーンのほうがよりこちらを必要としている。だから、やはり、変だ。

すぐにJ・Jがやってくると、コーヒーとシナボンをひっつかんで言った。

「とっとと行くぜ、ウエスト」

「ああ、きみを待ってたんだぞ」とジェイソンは返したが、それもパートナーの背中に跳ね返る。

　二人は、ホテルに入ってきたトラヴィス・ペティとすれ違った。ネイビーのスーツとローズカラーの——ありえないだろう、ローズカラー？——ネクタイを身につけて二枚目そのもののペティは、挨拶がわりに重々しくうなずいた。

「やあ」とジェイソンは言った。

「やあ」とペティも同じ無表情な声を返す。

「あいつのネクタイひでえな」

とJ・Jが、レンタカーに乗りこんでから言った。

　ジェイソンは笑ってエンジンをかける。

　支部までの短いドライブ中にJ・Jが言った。

「俺が首を突っ込む話じゃねえと思うが、マリに聞いた話じゃ、ケネディとペティは昔仲がよかったんだとよ」

　たしかにJ・Jには関係のないことだろうし、聞き流すべきだと思うが、ジェイソンは聞き返した。

「マリ？　マルティネスのことか？」

「そうさ、マリアンナだから」J・Jは話を中断してシナボンにかじりついた。「二人のアレコレってのはよく知られてて、おかげで最近はケネディとあんたの噂話でもちきりだってさ」

「当然そうだろうな」

J・Jはその皮肉を流した。

「ペティはここの花形捜査官なのさ。あと少しでジェイムズ・サラザールじゃなくてあいつが管理官に任命されるかもしれなかった。サラザールのがずっと年上だってのに、そりゃなかなか……」

J・Jがオフィスのゴシップを聞かせてくるほど二人の距離が近づいたというなら、彼らの関係も随分と進歩したものだ。ジェイソンはそんな話をひとつも聞きたくないし、話題にもしたくなかったが、おだやかに言った。

「気にしてもらって悪かったな。サムからは、到着した日にペティのことを聞いてるよ」

「そうなのか？」

J・Jはほっとしたような、少し意外なような声だった。

ジェイソンはうなずく。どこかに別の話題はないかと探し回った。

「マルティネスとは、どんな調子だ？」

J・Jから奇妙な目つきを向けられる。どうしてだ。

気がついてみると、これまでジェイソンはJ・J相手にプライベートの話題を振ったことがなかった。むしろその手の会話自体を忌避してきた。J・Jは好き嫌いをはっきり述べるたちで（大方の好みがジェイソンとは合わない）、ジェイソンは基本的に自分の考えを内に秘めるたちだ。それでも、そう、この出張が二人の仕事上の関係を変えたのはたしかで、一マスか二マスくらいは先に進めたということかもしれない。

J・Jが深刻そうに言った。

「彼女、引っ越したくないってさ」

「まさか誘ったのか？　もう？」

「それこそまさかだろ。直接聞いたんじゃない。ただゆうべ、あれこれ色んな話をしてさ。彼女、母親に障害があって、父親は少し年齢《とし》がいってる——七十代後半だ。彼女には兄弟姉妹が、それも大勢いるんだが、みんなもう家庭持ちなんで両親に関しちゃマリが背負ってるようなもんだ」

「そうか」

「それにな、マリはモンタナが好きなんだと」

J・Jは信じられないという口調だった。

ジェイソンも打ち明ける。

「サムもモンタナが好きなんだよ」

二人は沈黙した。

「いや、きれいなところだよ」とジェイソンは言った。そびえ立つ峰々と頭上に広がる息を呑むような青空の前では、否定しようもない。

J・Jが怪しむような息をこぼした。

二人は顔を見合わせ、仕方なく、苦い笑みを交わした。

地方支部では、もっとありがたくない知らせが待っていた。

「ブロディ・スティーヴンスの両親が不当な死だとして訴訟を申し立てている」

フィリップス支部長が、オフィスへ呼び寄せた二人にそう告げた。

「一体どういう理屈で？」とジェイソンは聞き返した。

J・Jは石のように押し黙っている。

「私に噛みつくな、ただの伝言役だ。最新状況を伝えているだけで。うちのチームの人間は誰もあの銃撃に関わっていない。ボズウィンの地方支部には関係のない話なんだよ」

「あまり耳慣れない解釈ですね」とジェイソンは述べた。

フィリップス支部長が冷ややかな、親しみのない目つきをくれた。やはり彼女はジェイソンのことが気に入らないのだ。

「マジか」J・Jが言った。「それで、どうなるって言うんです？　あのガキを撃ったのは俺なんだ」

「発砲行為審議会《SIRG》の調査結果にかかってるな」フィリップス支部長はむっつりと、茫然としたJ・Jを眺め、少し哀れみを見せた。「そう心配することはないと思うよ、ラッセル捜査官。

あなたの供述を裏付ける証言が多く得られている。スティーヴンスのいとこすら、はじめはあなたの証言どおりだと言っていた。後から撤回したが、しかし……」

彼女は肩をすくめた。

「こうなると、あなた方が早めに捜査を片付けてここから姿をくらましたほうが無難だと言えるでしょうね」


「俺は新聞社の資料室に行く」とジェイソンは、自分たちのオフィスに戻るとJ・Jに告げた。

返事がない。

ジェイソンはそちらを見た。

「ラッセル？」

J・Jが上の空の目を向ける。

「ん？」

「俺はボズウィン日刊新聞に行くから、用があれば——」

J・Jが携帯電話をひっつかんで何か打ち込みはじめたので、ジェイソンは言葉を切った。

「俺は弁護士に電話するよ。あんたもそうしたほうがいい」

「そうか。じゃあきみと弁護士の話が終わったら——」

J・Jがキッと顔を上げた。

「わかんねえのか、ウエスト？　俺たちのキャリアはおしまいだ。俺はガキを撃った。ガキを殺したんだよ！」

ジェイソンはオフィスのドアを閉めた。「俺も現場にいたよ。きみはあの時、人の命も救った。俺の命も含めて、かもしれない。彼は自動小銃を手にしていたんだ」

「でもガキだった」

ジェイソンは無言だった。J・Jは自分のキャリアを心配しているのか、それとも別のものを恐れているのか？　あるいは両方？　そのすべてではないかと、ジェイソンは感じる。それが何であれ、冷血なことを言うようだが、彼らには――ジェイソンには、こんなことをしている暇はない。時計は時を刻んでいて――そして時限爆弾がついている。

「きみは、あの時違う判断ができたと――するべきだったと、思っているのか？　説得できる状況じゃなかった。我々は人の手から銃を撃ち落とすような訓練は受けてない。あれ以外、我々に何かできたとは思えない」

「我々じゃねえよ、ウエスト。あんたは誰も殺してない」

「単なる運だ。まさしく運でしかなかった。俺でもおかしくなかった」

「ああ、でもあんたじゃなかった」J・Jが携帯電話を下ろし、手に顔をうずめた。「どうしてあんなガキが……」

「そうだな」ジェイソンは溜息をついてJ・Jの向かいの椅子を引き出した。「俺も、違う結果だったらよかったとは思う。だが、俺たちが生き残ったことに後悔はない」

J・Jが呻いた。

「あいつがどんだけ若いか見た時……」顔を包む手に力がこもる。「吐くかと思った」

「わかるよ」

ジェイソン自身、デュエイン・ジョーンズがどれほど若いのかに衝撃を受けたが、そのおかげで、ブロディ・スティーヴンスの死体を見た時には最悪への心構えができていた。

「それに、これを聞いても気が休まらないのはわかっているが、きみの行動のおかげで、あれ以上の負傷者や死者を出さずにすんだんだ」

ジェイソンは手をのばし、J・Jの肩を強く、力づけるようにつかんだ。サム・ケネディ流というやつだ。

J・Jが体を起こし、手のひらの縁で目の端を拭った。

「ああ」ジェイソンへちらっと気まずい視線を向ける。「マイクロフィルムだか何だかをのぞいて一日すごすつもりなら、もう行けよ」

「そうだな」

ジェイソンはためらった。

「行ったらどうだ?」とJ・Jが苛々《いらいら》と急かす。

サムは、二番目にお気に入りの灰色のシャークスキン柄のスーツ姿で、じつにキマっている。

ジェイソンは呆れ顔をしてからドアを開け――あやうくサムに突っ込むところだった。

J・Jが顔をしかめてみせる。

ジェイソンは振り向いた。

「なあ、ウエスト――」

「行くよ」


重々しい顔をしていたが。

「少し話せるか？」とサムから聞かれた。

その表情、その声音……いい話ではない。ジェイソンの神経がひりついた。なるべく落ちついた声で「もちろん」と返事をする。

訴訟に関する話だろうか？　それとも別の何か？　まさかサムが――ジェイソンの担当する盗難美術品の容疑者がエマーソン・ハーレイだとどこかから知ったなんてことがあるだろうか？

サムは踵を返して、廊下の先の無人のオフィスへ向かった。完全に空ではなかったが。サムの携帯電話やブリーフケースがテーブルの上に置かれている。サムにとっては、これだけで自分の縄張りの出来上がりだ。

ジェイソンが入ると、サムがドアを閉めた。

不安がつのる。

「何の話です？　一体どうしたんです？」

サムが長い、静かな息を吐き出した。

「たった今、王立カナダ騎馬警察《RCMP》から連絡が入った。どうやら――」

そこで思いとどまり、彼は言い直した。

「ドクター・ジェレミー・カイザーが死亡した可能性が高いと見られている」

12

一瞬で、安堵が猛烈に押し寄せてきた。

（ありがたい、ありがたい、ありがたい……）

その瞬間、自由と解放感だけしか心にはなかった。膝から力が抜け、机の前の椅子に崩れるように座りこんだが、その時ジェイソンはサムの顔の表情に――表情の欠落に――気付き、何かを測るような目つきを見て取った。

サム、ジェイソンがどれほどのストレスを受けてきたか誰よりよく知る彼は――おそらくジェイソンがこれ以上どこまで耐えられるか冷静に推し量っている。

ジェイソンは、サムの無感情な口調を真似た。

「信じてないんですね」

たちまちサムが答えた。

「本当なのかどうかわからない。発見された死体は損傷が激しく、DNA鑑定なしでは断定できないし、DNA鑑定は時間がかかる」

ジェイソンはつられてうなずいた。

「何があったんです？　発見された状況は？」

「奴はノバスコシア州ルーネンバーグで、偽名を使って船を借りていたようだ」

「まだカナダにいたんだ」とジェイソンは頭を整理しようとする。

「そのようだ」

「それで、何が？」

「捜査中だ。船は、昨夜燃えているところを発見された。主船室に激しく焼けた死体があり、そばに部分的に燃えたパスポート、財布など、被害者がジェレミー・カイザーだと示すものが置かれていた」

「都合がよすぎる」とジェイソンは言った。

どうやらそれはサムが求めていた言葉だったらしく、肩の力がわずかに抜けた。

「かもな」

「自分の足跡《そくせき》を消そうとしている」

「その可能性はある。カイザーには姿を消す動機があり、特定困難な死体としての死は、お前が言ったように、都合のいいものだ」

「これからどうなるんです？」

（俺を狙ってくる――）

凍りつくような考えが頭にぽんと浮かんだ。口に出すのはなんとかこらえる。

「特殊な事情を鑑みて向こうも緊急のＤＮＡ鑑定を行うので、それで俺たちも状況がつかめる」サムがうかがうように言った。「そう悪いニュースではない」

「ですが俺は――あなたも――いいニュースだとは考えてない」

「まだそこはわからない。今は。だがつき止める」

ジェイソンはうなずいた。ほかにどうしようもない。

一瞬きりの至福の瞬間、終わったのだと思って、安堵した……情けないくらいに。だが終わってなどいなかったし、解放されたと思った分だけ今の反動が苦しい。

なので、ジェイソンはもう一度うなずいた。

「わかりました。情報ありがとうございます」

サムが一歩近づく。

「ジェイソン――」

揺れる笑みをなんとか浮かべて、ジェイソンは下がった。今はとても慰めとか、同情とかを受け入れられない。

「大丈夫です。俺も、仕事に戻ったほうがいいようだ。ほかに集中できるものがほしいので」

サムのまなざしにこもる思いやりと理解に、あやうく心が崩れかかる。サムがぶっきらぼうに、仕方がなさそうに言った。

「わかったよ、ウエスト」


ボズウィン日刊新聞の社屋に直接出向いたのは、結果的にはいい判断だった。デジタル化されてネットで閲覧できるのは一九二六年の記事だけだったのだ。初期の新聞はマイクロフィルム化されていたが、その予算か熱意も一九三五年には途絶えた。ジェイソンは何時間もかけて、綴じられた新聞の束に目を通した。一九四四年の六月から始める。

数週間後の号で当たりを引いた。ロイ・トンプソン大尉は両親や兄弟に向けて書いた手紙で、ノルマンディー上陸作戦について記していた。

曳光弾《えいこうだん》が空を目指す鮮やかな光景は、想像を超えている。雲の下腹が焼けた石炭のように赤く光り、我々の対空砲火の範囲にいる飛行機すべての赤い死が積み上がる。我々の目には美しい景色だが、兵士以外には理解しがたい美だ。

トンプソン本人の言葉を読むのは、魅惑的で――少しばかりとまどいもあった。追っている略奪者がこうも文学的で詩的な男だとは思っていなかったのだ。いつもジェイソンが相手にしている悪党のタイプではない。

一九四五年の一月には、トンプソンはこう書いていた。

このところ西部戦線には雪が多く、風景はクリスマスカードのようだ。木々は、白いローブの重さで背を丸めた老いた女王たちのよう。クリスマスツリーを飾る金線のごとく電柱から電柱へと電話線が張り渡され、雪と氷に耐えかねて切れた箇所へは修理人が駆けつける。丘は雪でなだらかに覆われている――美しい風景だ。だが俺は嫌になるほど様々な出来事を目にした。倒れていく仲間を見るのは胸にこたえる。とりわけ、訓練から共に汗を流してきた仲間は。

この男に好意など持ちたくなかったし、同情もしたくなかった。トンプソンがしたことは言語道断で、さらにこの男はジェイソンの祖父を巻きこんで事態をより悪化させた。だがそのトンプソンが地獄をくぐってきたのは明らかだ――心打つ語り手であることも。

午後になると、ジェイソンは一息ついた。腹は減っていなかったが、今にも目がもげそうだ。足ものばしたいし、分解されていく紙とインクの匂い以外の何かを嗅ぎたい。

小さなカフェまで歩いていくと、冷たいコーヒースムージーをたのみ、パティオで飲みながら携帯電話のメッセージをチェックした。

デ・ハーンからはやはりまだ何もない。

ジェイソンは〈連絡先〉をタップし、デ・ハーンの名前をタップして、呼び出し音が鳴るのを待った――が、何もない。デ・ハーンは電話に出られないというアナウンスすら。

完全な沈黙。

ジェイソンは電話を切り、かけ直して、揺らぎのない無音に耳を傾けながら、腹の底で嫌な予感を覚えていた。どうしてデ・ハーンの携帯電話が通じない？

デ・ハーンが出国を決めたとして――そんなにあっさりあきらめるわけもないが――こんな音信不通になるわけがない。彼とジェイソンはこのひと月、ずっと電話で話してきたのだ。デ・ハーンはカッとして出国もしないし、たとえしたとしても、未解決の問題を山積みにしてジェイソンと連絡を絶つわけがない。

何かがおかしい。

もっと早く気付くべきだったが、色々なことに気を取られていてデ・ハーンらしからぬこの沈黙の件を後回しにしてしまった。判断ミスだった。なにしろ昨夜すぐ切れたおかしな通話――間違い電話だとジェイソンが決めつけた――も考え合わせると、深刻な異常事態が起きている。

ジェイソンはJ・Jに電話をかけた。

「デ・ハーンから連絡はないか？」

J・Jはいつもの彼の調子に戻り、鼻であしらった。

『あいつはあんたのオトモダチだろ、俺のじゃない』

「昨日の午後から連絡がつかないんだ」

『そいつはめでたい話じゃねえか』

「今から、ビッグ・スカイ・モーター・ロッジまで様子を見にいく」

『忠告してやるよ、ウエスト。寝たオランダ人は起こすなってな』

「ああ、後で連絡する」

ジェイソンは電話を切り、車へ向かった。

デ・ハーンの青い小型車が、ビッグ・スカイ・モーター・ロッジの駐車場奥に停まっていた。見覚えのある車を見て、ジェイソンの心が沈んだ。最悪の予想が当たったのだ。だがその最悪の予想は、まるで筋が通っていない。

ジェイソンは車を停め、降りて、冷房で冷えきったフロントの建物へ向かった。

何かのサイトを（慌てふためいてウィンドウを閉じて椅子を回したあたりポルノだろう）スクロールしていた、ひょろりとした二十代の若者がジェイソンを歓迎した。

「どうも！　いらっしゃい、ビッグ・スカイ・モーター・ロッジへようこそ。ご用は何でしょう？」

「ハンス・デ・ハーンという客が泊まっているだろう？」

若者がそばかすのある額にしわを寄せた。

「ドイツ人の？」

「オランダ人だ。まだ滞在中か？」

「えーと、どうかな。俺まだシフト始まったばかりで」

ジェイソンは身分証を見せた。

「彼の部屋を呼び出してもらえないだろうか？」

受付係は目を剝いてその身分証を見つめ、ジェイソンへ不安顔を向けた。

「ええと、はい。あの人、何をしたんです？」

「ただの安否確認だよ」とジェイソンは、ＦＢＩが人々の健康状態を確認して回るのが当たり前のことであるかのように告げた。

「はい、はい」

若者は受話器を取ってデ・ハーンの部屋番号を押した。向こうの側で鳴る呼び出し音がジェイソンにも聞こえる。

「いないみたいです」と若者が困り顔で、フロントの窓から宿泊棟の二階を見上げた。

「車は駐車場にあった」と若者が言った。

「えっ。じゃあ、でも……」

ジェイソンの表情を見て、若者が言葉を切った。

「たしかめてみたほうがいいだろうと思う」とジェイソンは言った。

「そう思います?」

ジェイソンはうなずく。

若者はのろのろと受話器を下ろした。

「うちのマネージャーに連絡したほうがいいかも……」

「客の様子を確認してからでもいいだろう」

「ですね」

「すぐに行ったほうがいい」とジェイソンはうながした。

「はあ。じゃあ」

若者は引き出しを開け、鍵を取り、ジェイソンの先に立って強烈な日差しの下へ出た。二人は駐車場を横切り、宿泊棟の二階へと上る。

　通路奥の軒下にある防犯カメラに、ジェイソンは目を止めた。

「あれは動いてるのか？」とたしかめる。

「えーと、いいえ。脅しみたいなもんってことで」

「動いていたほうがいい脅しになるだろう」

　受付係は返事をしなかった。二人はそのまま進み、うつろな足音を響かせながら２２４号室へ向かった。

　正面の窓にはカーテンが引かれていた。空調の音がやかましく唸っている。ドアには〈起こさないで下さい〉の札が下がっている。

「ほら」受付係がすがるように言った。「誰とも会いたくないのかも」

　ジェイソンはそれを無視した。くすんだオレンジのドアをドンと叩く。拳を叩きつけるやり方のよそゆき版だ。〈起こさないで下さい〉の札がノブから外れ、足元に落ちた。

　デ・ハーンの部屋からは何の反応もなかったが、隣室を担当していたメイドがあわてて外廊下にカートを押して出ると、安全な距離から心配そうに見ていた。

「いないのかも」と受付係が言った。「昼飯を食いに出てるとか」

「かもな」とジェイソンは携帯電話を取り出し、デ・ハーンにかけた。

　応答があるとは思っていなかった。さっき、デ・ハーンの携帯電話は電源が落ちていたようだったし。だが黙って待っていると、部屋の中でデ・ハーンの携帯電話が鳴りはじめた。

ジェイソンは低く毒づく。目を見開いている受付係へ顔を向けた。

「鍵を開けて、下がってくれ」

若者はためらい、ジェイソンの顔つきを見て、ドアの鍵を開けた。手が震えている。

「よくやった。あとは俺にまかせろ」

若者は一歩も動かない。ジェイソンは彼を横にずらすと、ドアを開けた。「ハンス？」と呼ぶ。

薄暗がりに目が慣れるまで数秒かかったが、ベッドの上の動かない影を見るまでもなく、最悪の事態なのだとわかった。室内からあふれ出す臭いに、反射的に胃がよじれる。

受付係の若者ですら気がついた。息を呑む。

「ヤバいだろ。死んでる？」

ジェイソンはうなずき、声を押し出した。

「ああ。通報してくれ」

一瞬、若者はただジェイソンを見つめ、胸を大きく上下させていたが、それからもつれる足で通路を駆け出していった。音のしないスニーカーで幽霊のように消えていく。

ジェイソンは首をそらし、大きく息を吸った。

（くそ、くそっ――）

一体何がどうして——いや、何故こんなことが起きた？

筋が通らない。

ひとつもだ。

唯一……デ・ハーンが誰かに殺されたと、何故決めつける？　自然死かもしれない。可能性はあるだろう。デ・ハーンは強いストレスにさらされていた中年男で、ステーキサンドイッチが好物だった。脳卒中や心臓発作かもしれない。殺人よりありふれた話だ。

ジェイソンはポケットの手袋を探った。それを両手にはめ、薄暗い室内へ入る。一呼吸おいて犯罪現場かもしれない場所の配置を見回し、第一印象をじっくりと心に刻んだ。

テレビと照明は消えている。空調はやかましく動いている。デ・ハーンの携帯電話はベッド脇のテーブルの上に置かれていた。ケーブルが刺さって充電中だ。

木の荷物スタンドにスーツケースが載せられ、中身はきっちりたたまれていた。デ・ハーンの閉じたノートパソコンがデスクに置かれている。

一見したところ、争いの痕《あと》はない。荒らされたような痕跡もまるでない。

ベッドまわりの床に目を走らせた。カーペットにも特に……何かを示す痕はない。丸めた靴下がナイトスタンドの足元にあった。

ジェイソンはベッドへ近づいた。

ハンス・デ・ハーンは、きっちり整えられたベッドの上に仰向けに横たわっていた。眼鏡はかけていなかったが、服はきちんと着込み、靴下と靴まで履いていた。シャツの肩から胸元まで血が染みていた。その血は茶色く、すっかり乾いていた。

「一体どうして、ハンス……」

ジェイソンは屈《かが》みこんだ。ランプをつけなくとも、デ・ハーンの脳天のぞっとするような傷跡が見て取れて、ダメージのほとんどは背後からのものだとわかる。

デ・ハーンの手首にふれた。肌は氷のように冷えきり、死後硬直が進んでおり、青黒さが沈着して、目の角膜は曇っていた。ジェイソンは背をのばし、ベッドから下がって、考えこんだ。

法医学の専門家でなくとも、デ・ハーンが死後数時間――おそらく六から八時間――経っているのはわかる。昨夜かかってきて、間違い電話だろうとみなした電話を思い返した。あれは十一時ぐらいだったが、この部屋の気温の低さを鑑みれば……やはりここは法医学の専門家が必要か。

それでも、この犯罪現場ではない現場からわかることもある。

明らかに、デ・ハーンは襲われた時ベッドにいなかった。死体を演出しようとした様子もない。事件の時、デ・ハーンはこの部屋にいたか？　それもありそうにない。

なら一体、どこにいた？

ジェイソンはしゃがみこんで、よく履きこまれたデ・ハーンのスニーカーの靴底をじっくり見た。靴革に何かが引っかかっているように見える。草？　苔？　芝？　これもまた彼の専門外だ。

一番有望なのは、デ・ハーンの携帯電話の記録を見て近隣の基地局に位置情報を送っていないか確認することだが、それには時間もかかるし令状も要る。その上、デ・ハーンはジェイソンの担当する告発人であるものの、ジェイソンはここでは部外者だ。捜査には関われない。この殺人捜査は地元の捜査機関が扱う。

ジェイソンの視線が、楕円形のローズウッドの写真立ての中で微笑している金髪女性に落ちた。アンナだろう——失われた至宝を追うデ・ハーンの追跡が終わり、身を落ちつけて子供を持つ日を待っていた美術学校教師。

ジェイソンの胃がきしむ。その反応を、せっかちに振り捨てた。デ・ハーンはリスクを恐れず踏み込んだのだ。この追及の旅で何を失うかもしれないかわかっていても、きっと彼は進みつづけただろう。あの牧場での銃撃にすらくじけはしなかった。

そうではあるが、美術史家というのは本来危険な職ではない。

しかしデ・ハーンの死はエンゲルスホーフェン城にあった美術品の追跡と関係しているのだろうか？

彼のノートパソコンは残されたままだ。携帯電話もそこにある。すでにアメリカ政府が協力に乗り出している以上、デ・ハーンが始めた調査が彼の死で葬られることもない。

ジェイソンは今一度部屋を見回して、バスルームのドアの下部から漏れる細い光の線に気付いた。

　銃を抜き、ドアを開ける。明かりはつけっぱなしだったが、小さな個室は、当然のように無人だった。トイレの向こうに窓があり、細長い板ガラスを重ねた昔ながらのジャロジー窓だ。少なくとも残骸から判断するにそのようだ。ガラスの羽根板はすっかり取り外され、ぽっかりと四角い空間が口を開けている。大きな開口部ではない。モーテルのトイレによくある窓よりは幅があるが、それでも人が通り抜けられる大きさはないだろう。

　近づくサイレンの音がドア口からぼんやり聞こえてくる。

　ジェイソンは最後にもう一度バスルームを見回したが、特に目につくものはなかった。シンクも便器もバスタブも、汚れはない。デ・ハーンはベビーシャンプーと備品の石鹸、重曹《じゅうそう》入り歯磨き粉を使っていた。タオルは、床にわだかまったものも含めてすっかり乾いており、シャワーカーテンのレールに掛けられた使用済みの洗面用タオルも同様だった。

　バスルームから出て、ジェイソンは凍りついた。モーテルの部屋のドア口を、黒いシルエットが満たしていた。日光が目を刺す中でも、ジェイソンには相手の制服のボタンのギラつきと、こちらに狙いを定めた銃身が見えた。

　その警官は何も言わず、不毛の沈黙がどうしてかジェイソンのうなじの毛を逆立てる。入り口に立つその男は、疑いの余地なく、ジェイソンを撃つかどうか測っているところだ。その男が誰だかも、はっきり確信があった。

「本気か？」言葉を投げるジェイソンの声は震えていた。あまりにも憤慨していて、恐怖はほとんど感じない。「法執行機関の仲間に銃を向けるのか？　俺に狙いをつけるならとっとと撃つんだな、クソったれが」

「その人の身分証《バッジ》は見たよ」と受付係の若者が、外からか細い声で言った。

さらに刹那、一年かというような時間が経ってから、その警官が銃をホルスターに収めた。

「てめえは俺の仲間じゃない、馬鹿が」サンドフォード警察署長は言った。「ここで何をしてやがる？」

「俺がここで何をしてるかあんたはよくわかってるだろ」

ジェイソンはぴしゃりと言い返した。まだ血が沸騰して、怒り狂っていた。

「俺がわかってるのはな」サンドフォードが言った。「ここは貴様が首を突っ込んでいいところじゃないってことだ。中に入らずに俺たちを待つべきだって知ってただろうが。だから不法侵入、捜査妨害、証拠隠滅、ほかに貴様に当てはめられそうな諸々でパクられたくなきゃ、とっとと俺の現場から失せろ！」

13

「お前は本気で、受付係の目がなかったらサンドフォードは撃っていたと思ってるのか？」

サムの口調は中立的で、まなざしは注意深い。

「撃とうかと考えてはいました。それは間違いない」

ジェイソンは自分のグラスのカミカゼを飲み、ショットグラスをテーブルに置いた。あのきわどかった瞬間からもう数時間経ち、頭を整理する時間はあったのだが、まだ動揺している。

二人は、クラブ・タヴァン&グリルで夕食中だった。この店の暗い、古いステーキハウス風の空気感をサムが気に入るだろうと見たジェイソンの狙いは当たっていた。ジェイソン自身としては、どこの店だろうがどうでもいい。何かを食べるには気が張り詰めすぎている。

なんという一日だ。まず不当な死を訴えるという訴訟の知らせから始まって、次にカイザーに関する知らせ、それからジェイソンの担当告発人が殺害され、さらに警官から撃たれそうになったのだ。いい日とは言えない。ジェイソンの普段の水曜でも、仕事模様でもない。

この数時間を費やして、サンドフォード署長についてわかることをすべて調べ上げたというのに、それでもなお今日のモーテルでどうしてあやうくあんな事態になりかけたのか、ジェイソンにはまるで理解できなかった。とりわけ、サンドフォードには私生活でも仕事上でも特に後ろ暗い点が見えない以上。結婚は二回——二人目の妻とはまだ一緒にいる——、子供は四人、そのうち二人は大学生、住宅ローンがひとつ、身の丈に合う程度の借金。

「あの若者はサンドフォードに、俺がＦＢＩ捜査官だと伝えたはずなんです」

「たしかにありえることだ」

「つまりあいつは、捜査官だと十分承知の上で、俺に銃を向けたってことです」

サンドフォードが引き金を引こうかどうか考えていたあのぞっとする瞬間のことを思うと、今でもジェイソンの鼓動が怒りで速まる。

サムは何も言わなかった。

「自分でよくわかってますよ、俺は銃口を向けられることに対してちょっと神経質になってます」ジェイソンは認めた。「でもあれには、何かあります」

「お前はいい勘を持ってるからな」サムがほとんど嫌そうに、そう言った。「問題が隠れているとお前が確信しているなら、きっとそうなのだろうと俺も思う。理解できないのは、理由だ」

「つまり俺を撃つ動機が何か、ってことですか？」

「それもだ」

ほかにジェイソンには見えない物事の角度があるのだろうか？　サムの頭脳の働き方からして、きっとそうなのだろう。

「わかりません。俺もさっきからずっとそれを考えてました。そりゃ、初対面で仲良くやれたとは言えませんが、それでも殺意を持たれるほどのことをしたつもりはない」

サムが、笑いというより苦悶のような音を立てた。

「彼は十年近く警察署長を務めています。Ｙｅｌｐ《イェルプ》の口コミレビューでも、高得点ではないけれど、誰からも訴えられたりしてはいない」

「彼の……Ｙｅｌｐのレビューだと？」

「そうですよ」ジェイソンはニヤッとした。「ＦＢＩの現場捜査官にだって口コミがついてるんですよ。きっとあなたのＹｅｌｐのレビューもある」

「冗談を言ってるわけじゃないんだな？」

「全然。とにかく、サンドフォードとトンプソン家にはいくつかつながりがあるようです。ビッグ・スカイ観光牧場での襲撃の後も――こんなこと口にするのも馬鹿馬鹿しいんですが――バート・トンプソンはサンドフォード署長に電話で知らせ、自分の郡で起きた事件でもないのにサンドフォードは現場に駆けつけて捜査の主導権を奪い取ろうとしたんです」

サムは考えこみ、肩をすくめた。

「昔ながらのつき合いや流儀というだけかもしれん」

「ですね」

ウェイトレスが酒のおかわりを運んでくると、食事はどうだったかと二人にたずねた。

ジェイソンは自分のサラダを見下ろした。これがテーブルに置かれた記憶すらない。「美味しかった」と答えると、彼女は酒の載ったトレイを高く掲げて恵みの巡回を続けた。

「ただ、気にはなるな」サムがウイスキーサワーに口をつけ、じっくり考える。「だが長年その職にいるサンドフォードが、捜査の流れを知らないわけがない。お前を撃ったところでトンプソン家への調査が打ち止めとはいかないことはわかっていたはずだ。むしろ状況は悪化しかねない。なら何の意味がある？」

「ならデ・ハーンを殺害する意味は？」とジェイソンは聞いた。「略奪美術品の捜査は、彼が死んでも終わらない。オランダ側でも、アメリカ側でも。すでにアメリカ政府が乗り出している。あるべきところに結論が落ちつくまでもう止まることはないのに」

「同意だ」サムはジェイソンを眺めていた。「お前は、デ・ハーン殺害に何らかの形でサンドフォードが関与していると思うのか？」

「わかりません。銃を向けられる前なら、まずありえないって言ったでしょう」

「彼が、お前が何者なのか認識していなかった可能性はある。受付の若者が説明をとばしたか、サンドフォードが急いでいて聞きとばした可能性もある。彼は、我々の知らない何らかの先入観を抱いて現場に踏みこんだのかもしれない」

時に、サムの冷静きわまりない客観性には神経を逆なでされる。今がそうだ。

ジェイソンは不承不承「たしかに」と認めた。

「同時に、お前が言ったとおりの事態だった可能性もある。彼個人がどこまで誰の味方なのか、我々にはわかっていないからな」

「ええ、そうですね、それとは別に――」

手の上に、サムがのばしてきた手を重ねられて、ジェイソンは驚いて言葉を切った。

「何か食ったほうがいい」サムは静かに言った。揺るぎのない、真剣な目だった。「酒を三杯飲む間、何も食ってないだろう」

顔に血をのぼらせて、ジェイソンは手を引いた。

「俺は酔ってませんよ」

「酔ってないのはわかっている。食事が必要だ。大変な一日で、お前はガス欠のまま動いている。気力だけでは持たないぞ――わかっているだろう」

「やれやれ」

ジェイソンはぼやいた。レタスとステーキを二口分ほど押しこみ、なんとか飲み下し、吐きそうなのをどうにかこらえ、あやうい数秒の後、たしかに気分が上向いた。

サムにしかめ面を向けると、重々しく、測るようにこちらを見ていた。うっすら微笑する。

「礼は後でいいぞ」

「はあ。礼を言う予定はないですが」

サムの笑みが獰猛さを帯びた。「なら俺が後で礼をしてやろう」

「とにかく、さっきは途中になりましたが、現時点でトンプソン家は法的にそう悪い立場ではない。彼らはアルデンブルク・ファン・アペルドールン美術館ととりあえずの合意に至ったし、政府としても彼らを今のところは協力的とみなしている……トンプソン家にデ・ハーンを排除する動機があるとは思えない。俺のことも。だが彼らにないのなら、サンドフォードにどんな動機が？」

「俺が気になるのもそこだ」サムが言った。「サンドフォードは、こちらの知らない何かの思惑を持ってやってきたのかもしれない」

「あいつは隠密《ステルス》モードでしたよ、それも変だ」

サムが先をうながすような息をこぼす。

「あいつはコード2で現場に来てました。警光灯なし、サイレンなし。本当に。一人だけチームに先行して着いた」

「それにはいろいろな理由があり得る」

サムが首を振る。

だろうか？　ジェイソンの頭にすぐ浮かぶものはない。デ・ハーンの陥没した頭部と、見開かれた目が脳裏をよぎって、胃がよじれた。腹に食い物を入れたのを後悔する。だがたしかに、サムは正しい。カフェインと酒だけで動きつづけることはできないのだ、今日のような状況が続くなら。

煙草でも吸うべきか……。

「何かおもしろかったか?」とサムが問いかける。

「いいえ。全然、そんなんじゃ」

溜息をつき、ジェイソンは無理にもう何口か食べた。今にも倒れそうな状態だったし、そんなことになるのは困る。

サムが言った。

「ではサンドフォードはお前を逮捕すると脅し、犯罪現場から蹴り出し──」

「その、デ・ハーンの殺され方ですが」とジェイソンは口をはさんだ。どうしても、一番心をさいなむ場面に戻らずにはいられない。「あの犯罪現場ですけど」

「続けろ」

「デ・ハーンは着衣のまま、整ったベッドに仰向けに横たわっていた。見たところ背後から殴られていた。激しい頭部外傷があったが、血痕はすべて──少なくともほとんどが──服に付着していた。あの部屋で襲われたと見なせるような何の痕跡もなかった。室内に飛沫血痕もなく、乱れた家具もなく、シーツに血の染みもなく……デ・ハーンのノートパソコンも、携帯電話も部屋にあった。死体を隠そうとか、強盗の仕業に見せようという作為でもない。とにかくわけがわからない」

「その上、サンドフォードからは鑑識結果がもらえそうにないしな」

「無理ですね」

　ジェイソンはもう一口サラダを食べ、飲みこんで、陰気に「ＪＤＬＲ」と呟いた。

　捜査官同士の隠語、〝何かおかしい〟《ジャスト・ダズント・ルック・ライト》を聞いて、サムが顔をしかめる。

「デ・ハーンはこの町に来たばかりでした。それどころかアメリカに来たばかりだった。そんな彼を殺すどんな動機が？」

「仮説がありそうな口ぶりだな」

「あればいいんですが。でもたとえ行きずりで襲われたんだとしても、どうやってあんなことに？　モーテルの部屋で襲われたのでなければ――事実そうは見えませんでしたが――」

「鑑識結果が出るまで断定はできん」

「まあ、そうですが。見た目だけではわからないこともあるし、今のところ仮定の話でしかありませんが、デ・ハーンがあの部屋で殺されておらず、行きずりの犯行だったなら、一体どうして犯人は死体をモーテルの部屋まで運んだんです？」

「あり得る可能性としては？」

　ジェイソンは顔をしかめた。

「デ・ハーンは強盗に殺害され、観光への悪影響を心配したサンドフォード署長がモーテルに死体を戻した」

　サムが鼻で笑う。

「信じてもないでしょう」

「当然、信じるわけないだろう」

「美術館対トンプソン家の件と関係あるに決まっている。でも、そうなると……さっきも言いましたが、殺人の動機がまるでない」ジェイソンは頭を整理する。「あるいは……」

「あるいは？」

「デ・ハーンは、エンゲルスホーフェン城から持ち出された美術品の残りをトンプソン家が隠匿していると信じていた。彼がそれを探しに行っていたら？」

「そうだったとしてみよう。さらに、デ・ハーンが何かを発見したと仮定する。それでも、略奪美術品についてのごまかしから殺人までには、かなりの飛躍がある」

「わかってます。でも消えた美術品には大変な金銭的価値がある。あのフェルメールだけでも――」

「そうであってもだ。お前は、まったく異なる心理学的モデルを比べている」

「でもそうした越境が起きることもあるでしょう。『ガラスに落ちる影』――あなたの著作でも何件か、小悪党が暴力的なおぞましい犯罪者へとエスカレートしていた」

「その手のケースにつきものの性的要素が、今回はない。お前の容疑者たちは、そもそもの盗難の実行犯でもない。まるで無関係だった人間だ。彼らの罪などせいぜいが、証拠を隠匿し、連邦捜査官に偽証をし、盗品を隠し持った程度のものだろう。違うか？」

「まあ、そうです。しかし――」

「デ・ハーン殺害は行動としてまるで異なるものだし、さらに、お前も自分で言ったが、この案件の主要人物は誰も殺害の動機を持ち合わせていない」

「頭がイカれているというのは動機になりませんか？」

「俺の専門分野でならな。お前の専門では、ノーだ」

「ふうむ。でも、動機がないとは言い切れない気もします」ジェイソンは言った。「デ・ハーンが信じていたとおりにトンプソン家がお宝の残りを隠匿していたなら、数百万ドルというのは十分な動機になり得ませんか」

　サムの金の眉が上がった。

「数百万ドル？」

「そうです。もしそこにフェルメールがあるのなら、少なく見ても一千万ドルの価値はある。それどころか、伝説的な絵画であることからして、もっと高値がつくと思います」

「だがそのフェルメールは夢物語なんだろう？」

「いいえ。いやまあ、そうですが。あの絵が過去に実在していたのはたしかですが、今では歴史に埋もれた存在だ。文字どおり。しかしあの略奪美術品のコレクションの中に説明が当てはまる絵があって、オランダの名画にはごく珍しい題材なんです。むしろどこでも」

「どのようにだ？」

「室内画。『奥の部屋で手を洗う紳士、稀覯品とともに』」

「それは絵のタイトルなのか？」

「タイトルであり説明です」

「それが、オランダ絵画では珍しいのか？」

「そのとおりなんです。少なくとも男性であるという点において。女性が手を洗っている絵はそこそこあります。しかし実のところ、フェルメールの絵の中では手を洗う行為は男女どちらでも見られない。足を洗ったり液体を注いだりしているものはありますが、手を洗っているものはない。手を洗う行為はおそらく魂の浄化の寓意でしょうが、そうなるとますます興味深い」

　サムが、それはそれはという顔になって、グラスを傾けた。

「俺としては、フェルメールが『窓辺で手紙を読む女』と同じ構図を用いたと見ています。あの窓がお気に入りだったから。はじめは『牛乳を注ぐ女』や『水差しを持つ女』と同じ構図かとも考えたんですが、〝稀覯品とともに〟と言うには少し舞台に格調が足りないかと」

「だな」とサムが、厄介な患者をなだめるような口調で相槌を打った。

「すみません、無駄口でした」

ジェイソンは額をさすった。あのフェルメールが実在していると、本当に信じたい。それに、心底疲れていた。

「なあ」とサムがそっと呼ぶ。ジェイソンは見上げて視線を合わせた。「無駄口なんかじゃない。少し空回り気味かもしれないが、言いたいことはよく伝わってきた。それに、デ・ハーン殺害の裏にある動機についても、お前の説を否定はしない。容疑者としてトンプソン家はしっくり当てはまらないかもしれないが、行きずりの犯罪だというほうがもっと無理がある」

ジェイソンは苦い笑みを浮かべた。

「どうも」

「もう戻るか？」

「ええ、そうしたい」

ホテルへ戻る車内で、ふとジェイソンはロイ・トンプソン大尉についてサムの意見を聞けたら役立つかもしれないと——得がたい視点かもしれないと、思いついていた。進行中の捜査とは関係なく、トンプソン大尉と彼の過去の罪について理解するために。トンプソンについて、即席で簡単なものでもサムの分析が聞ければ、自分が追っているのはどんなタイプの罪人なのかジェイソンにも今以上に理解できるだろう。とりわけ、トンプソン大尉が単独犯行や自己決定で行動に出る傾向がどれほどあるのか、嘘をつく傾向がどれほどあるのか、あるならどんな嘘を言いそうか、無実の人間を巻きこむようなどんな動機がありそうか……。

だがサムは山のような仕事を抱えているし（自業自得気味ではあるが、それでも）、それだけでなくサムなら今のところ誰も気付いていないことに気付く恐れが大いにある――ジェイソンと捜査対象の個人的なつながり。

そうだが、気付かれたら何だというのだ？　ここまで来ると、不安を打ち明けられるのはほっとするくらいだ。たとえ意見が食い違ったとしても、ジェイソンは誰よりサムの意見を信頼し、その判断を尊重していた。

二人でホテルのロビーへ歩いて入りながら、ジェイソンは決断の可否をはかっていた。

サムがエレベーターに目をやって、聞いた。

「俺の部屋か、お前のか？」

「そっちで」ジェイソンは答えた。「俺は隣がラッセルの部屋なので」

エレベーターのドアが開いて、サムがジェイソンの腰の上へ手を置き、先に入るよううながした。ジェイソンは一歩下がって、聞いた。

「ひとつお願いしたいことがあるんですが、いいですか？」

サムの眉が上がる。「もちろん」

「ロイ・トンプソンの昔の事件についての調書を見てもらえませんか？　俺のだけでなく、デ・ハーンの調査分も」

「もちろん」サムはあらためて視線を戻した。「今、ということか？」

「すみません、面倒でしょうけど」

　サムは傾いた笑みを浮かべた。

「そんなことはない。ファイルを取ってこい、ウエスト。見てみよう」

　ジェイソンは事件のファイルをサムの部屋へ持っていった。すでにジーンズとシャツ姿になっていたサムは、バーからルームサービスもたのんでおり、酒を注いでいた。カナディアンクラブのボトルをかかげる。ジェイソンは首を振って、ファイルを手渡した。

　サムは机の前に座り、椅子を半回転して、足をベッドの端にのせた。眼鏡をかけ、読みはじめる。

　ジェイソンはベッドの足元に座って、待った。

　血のように赤い夕焼けが黄昏へと沈んでいき、夕暮れへと深まる。星が出てきた。

　ジェイソンはバルコニーへ出ると、しばらく幸運の星を探してから、何も見つけられずに、中へ戻った。部屋をぐるりと回る。

　ファイルから顔も上げずにサムが言った。

「うろうろされると気が散る」

「ですね。すみません」

　ジェイソンはベッドの足元へ座り、両手であくびを隠した。

　サムが溜息をついて顔を上げた。

「寝ろ、ウエスト。俺も終わったらすぐ行くから」

ジェイソンはパチパチとまばたきした。

「いいんですか？」

サムの苦笑いが十分な返事だった。

「じゃあ。俺が起きなかったらつついて下さい」

ジェイソンは服を脱いでボクサーパンツ姿になり、上掛けを引っ張り上げると、布団にもぐりこんだ。神経が騒いで眠れないだろうと思っていたが、目を休められるのは至福だ。

サムが上の空で言った。

「ぐっすり眠れよ」


次に目を開けると、陽が昇っていた。霞を帯びて赤らんだ金の光が射し、部屋は静かで安らかだった。メイドの巡回にはまだ朝早く、町なかに車が増える時間でもなく、空調すら静かだった。ジェイソンはベッドの隣を見やった。

サムがいない。

頭を上げ、まばたきしたジェイソンは、サムがデスクの前に座って窓の外を見つめているのに気付いた。ファイルは閉じて机に置かれている。その上には折りたたんだ眼鏡。

ジェイソンが動くと、サムがこちらを見た。

一度もジェイソンが聞いたことのないような、静かな声で聞く。

「どうしてお前にこの件を担当する許可が下りた？」

ジェイソンは起き上がった。うかがうように聞く。

「どういう意味ですか？　デ・ハーンから俺に接触してきたんです」

「意味はわかっているはずだ。建造物《M》・美術品《F》・公文書《A》部隊《A》の副長エマーソン・ハーレイはお前の祖父だ」

「そうです」

たしかに、サムなら祖父の名を見逃さないだろうとジェイソンも思っていた。そしてジェイソンが手を引くことなくこの捜査を受け持ったことをとがめてくるだろうとも思っていた。同時に、サムならジェイソンが客観性を保とうとしていることもわかってくれると思っていた――サムが読んだ報告書内の文面にはっきり表れていたはずだ。ジェイソンは隠蔽も、揉み消しも、目こぼしもしていない。純粋に事実を集めていただけだ――すべての事実を。

それならかまわないだろうと自分を納得させていたのだが、サムの声には鼓動が止まるような響きがあった。

サムが、恐ろしいほど静かな声で言った。

「お前は、ドナウ川並みに広い利益相反を抱えている。それを免除するよう、キャプスーカヴイッチをどうやって説得した？」

突如として口がからからになったが、ジェイソンは淡々と答えた。

「していません。自分に利益相反の可能性があるとは報告してない」

「お前はキャプスーカヴィッチにも言わず、倫理委員会にも相談しなかったのか？」

サムの声の……あらゆる感情の欠如は、声を荒らげられるよりはるかに不気味だった。

「所属の上司と話し合ったのか、部長や局長とは？」

「いいえ」ジェイソンは早口にたたみかけた。「相反はしてないからです、サム。本質的には。祖父が関与していないのはわかってます。祖父はトンプソン大尉にあれらの物品を与えたり、避難手段として運び出す許可を与えてなどいない」

サムが何か言おうとしたが、ジェイソンは話しつづけた。

「何を言いたいかはわかってます、でも祖父をよく知っていることが俺の利点なんです。ただ、それはどうでもいい。俺は、ほかの捜査と何も変わらない姿勢で捜査しています。俺の報告書とデ・ハーンの調書があなたの前にもあるでしょう。俺が捜査方針を誘導しようとはしていないことが、わかるでしょう。何も隠したりしていない。全部書いてある。俺はただ事件の行方を追っているだけだ。そうでなければ、そもそもあなたにファイルを見てほしいなどとはたのまない」

とは言え、少々酒が回った上に疲れきって判断力を失っていなければ、サムにファイルを見せようとはしなかっただろうが。今となっては、大きな判断ミスをやらかしたとわかる。

サムは眼鏡をかけると、携帯電話を手に取り、声に出して読み上げた。

「〝連邦規則集第5巻2635項501～503（補遺E：公務遂行における公平性）。第28巻45項2の公平性についての規則に加え、司法省職員は、書面による許可がない限り、捜査・訴追対象となる行為に実質的関与のある人物・組織と個人的あるいは政治的関係がある場合、または捜査・訴追の結果に直接的影響を受けることになる人物・組織と個人的あるいは政治的関係がある場合、その捜査に関わることを禁じられる〟。

以上、どの部分が理解できないか、言ってみろ」

ジェイソンは硬い声で返した。

「すべて理解してます」

「どの部分が初耳か、言ってみろ」

「連邦規則集のその項目はどれも初耳ではないです」

「どの部分が自分に当てはまらないと思うか、言ってみろ」

ジェイソンは癇癪をぐっとこらえた。

「すべて俺に当てはまるのはわかってます」

サムはしばらく、ジェイソンを見つめていた。

「なら一体お前は何をしているんだ、ウエスト？」

今回の「ウエスト」にはわずかの情もこもっていなかった。

「俺は、もっとも適した捜査官として事件の捜査をしているつもりです」

サムが、今にも頭が割れそうだというようにこめかみを片手で押さえる。硬い、乾いた口調のまま言った。

「それはお前が決めていいことじゃない」

ジェイソンは口を開けたが、サムが上からかぶせた。

「もしこれが大した問題ではないと思うのなら、今ここでキャプスーカヴィッチに電話をかけるか。状況を説明し、彼女が何と言うか見るか」

ジェイソンは口を閉じた。

サムの笑みには温度がなかった。

「そうだろう。お前は自分の立場と捜査とを危険にさらしているだけでなく、俺もそれに巻きこんだ」

ジェイソンは、顔から血の気が引くのを感じた。

「お前は、俺がこの情報を自分の心に秘めておくと期待したのか、それとも上司に話すと思っていたのか？」

ジェイソンは無言だった。すっかり茫然としていた。

押しつぶされたような沈黙へと、サムが言った。

「これで、お前は俺にこの厄介事の片棒を担がせたわけだ」

「それは……そんなつもりは、まるで」

「そりゃよかった」

サムの声は氷片のようだった。

ジェイソンは鋭く息を吸いこみ、言った。

「それなら、キャプスーカヴィッチに電話するといいでしょう。今すぐ。彼女に全部言えばいい。俺はかまわない。しかし俺は決して……俺の目的は……もし、俺が倫理、道徳、原理原則にそむいていると思うのなら、その時は仕方ない。かばってくれとたのむつもりはありません」

サムが立ち上がった。ジェイソンも立ち上がり、かまえて——何にだ？　まさか殴り合いになるのか？　見当もつかない。これほど怒ったサムは初めてだったし、これほどの怒りが自分に向けられるなど想像もしていなかった。脳の片隅では、これは夢なんじゃないかという思いも消えない。

（こんなのありえない）

だが殴り合いにはならなかった。手の届く距離にすら近づかなかった。

サムが奇妙に平坦な声で言った。

「自分のファイルを持って、俺の部屋から出ていけ」

そしてバスルームへ入っていった。

ジェイソンは立ち尽くした。それから震える手で服を着て、ファイルをつかむと、サムの部屋を後にした。

14

「もしデ・ハーンがボズウィンで暮らしてるナチスの戦犯を見つけたんだとしたら？」とＪ・Ｊが聞いた。

「ん？」

木曜の午前十時ほどで、ジェイソンとＪ・Ｊはボズウィン地方支部の臨時オフィスにいた。Ｊ・Ｊは前日の成果をジェイソンに報告していた。

「なら相当強い動機になるだろ。それにありえなくもないだろ、今も海外《V》戦争復《F》員兵《W》協会をうろついてる変なじじいが山ほどいるんだから」

ジェイソンはうなずいた。メールを手早くスクロールしながら、カランやジョージ、あるいはサムからだろうと、何か来ていないか目を通している。

何もなかった。

ほっとしたのかどうか、自分でもわからない。サムがどんな行動に出るのか見当もつかない——何かの行動に出るのかさえ。

今でも、最後のサムのあの態度にあっけにとられたままだった。サムの機嫌が悪くなるだろうとは、たしかに思っていたし、捜査からすぐ手を引けと言われるだろうと思っていた。こんなことになるとは……思っていなかった。

そして、身勝手な話かもしれないが、裏切られた気分だった。白黒つけられない領域というものを理解している人間がいるなら、まずそれはサムのはずだ。そもそも規則を軽視することにかけて誰よりわかっているのも、やはりあの行動分析課《BAU》主任サム・ケネディの野郎だろう。

信じられない。ワイオミングでは？　ニューヨークでは？　マサチューセッツでは？　いい結果が早く得られると考えた時、サムが規則を無視しなかった場所がこの地球上にあるとでも？

そうであっても、ジェイソンはこうなることを見越しておくべきだったのかもしれない——自分に必要なら平気で法的グレーゾーンで動き回るくせに、サムは他の人間のルール破りに対しては時に厳しく白黒をつけた。しかもひとたびサムの気を損ねれば……別に敵愾心《てきがいしん》を抱かれるとか、険悪になるとかいうことではない。まるで。ただ、サムにとっていないも同然の存在になるだけだ。

たしかに、サムは全力で働いて、敵（彼には多い）が手出しできない地位まで上りつめた。ジェイソンが軽率にもその不可侵の地位を危険にさらし、結果としてサムの仕事——使命をも危険にさらしたのだ。そして、サムほど使命感に燃える人間はいない。

いや、そこは訂正だ。あんなふうに使命感に燃える男を、ジェイソンはもう一人だけ知っていた。祖父だ。

じつに皮肉な話だった。

「まだロバーツを再聴取する気なのか？」とJ・Jが聞いた。

そして同時に、サムは現実主義で、人間というものに対してリアリストだ。ひとたび頭を冷やして状況を客観的に見られるようになれば、ジェイソンがサムを過ちの共犯者にしようとしたわけではないと、理解してはくれないだろうか？

地獄への道は善意によって舗装されているぞ、ウエスト——ほとんど耳元にサムの囁きが聞こえてきそうだった。

「ウエスト？」

ジェイソンは顔を上げた「何だって？」

「エドガー・ロバーツにまた話を聞きにいく気か？」

「ああ」

「なんなら俺が行ってても——」

「いや、俺が話しに行く。きみはデ・ハーン殺害について、サンドフォード署長の署からできるだけ情報を聞き出してほしい。あそこの人間はもう誰も俺とは話したがらないだろうから」

「だな」J・Jは好奇の目になった。「サンドフォードがあんたを事情聴取しなかったのは変だよな」

「それどころか。俺をもっと手っ取り早く追い払うところだった。それこそ永遠に」

J・Jが苦い顔になった。前の日、ジェイソンからサンドフォードに本気で撃たれるところだったと聞かされた時も、本気にとろうとはしなかった。

「信じてないな」とジェイソンは言った。「だが何かがおかしいし、あれはアメリカ政府《アンクル・サム》が自分の裏庭にやってきて我が物顔でのし歩いているのが気にくわない、という以上のものがある。サンドフォードはトンプソン大尉の相続人に入ってるのかもな」

「それか祖父《じい》さんがナチスだったことを隠そうとしてるか」

「は？」

「気にすんな。サンドフォードが遺言に入ってた記憶はねえな。たしかめとくよ。あんたはまた新聞社に行くのか？」

ジェイソンはうなずいて、スーツの上着に腕を通した。レンタカーのキーをつかみ上げる。

J・Jがノートパソコンに向き直りかけ、止まった。

「そうだった、やっとラリー・ジョンソンと話ができたぞ」

「誰だって？」

「キレッタの一人目の旦那さ」

「冬のカボチャ王？」

Ｊ・Ｊがニヤッとした。

「いや、そっちは旦那二号。ラリーは高校時代のカノジョと駆け落ちしたほうだ。今はアリゾナ住まい」

「その彼が何て言ってた？」

「自分の娘がヤバい奴と結婚してるようだから俺たちに何とかしろってさ」

やれやれと、ジェイソンは首を振った。「俺たちに何ができると思っているのやら」

「それと、どんなお宝だろうと誰にだろうと、ロイが見せてた覚えはないってさ。特に自分には」

「聞けてうれしいね」

「嘘だと思うぜ。あいつ、鏡の前でずっと練習してましたってしゃべり方だった」

「前妻をかばうために嘘なんかつくか？」

「まだ愛があるとか。わかんないだろ？　キレッタについて何ひとつ悪いことは言ってなかった。まあ、とりあえず」

残念だ。キレッタの元夫たちのどちらかが、トンプソンが友人や隣人たちと築いた固い団結の壁の亀裂になってはくれないかと期待をかけていたのだが。現在に至るまで、ロイ・トンプソンから何か、あの至宝の説明文と少しでも重なるものを見せてもらったという証言はまだ取れていない。

「やっぱ共犯者がいたのかも」J・Jが言った。「その共犯者がお宝をがっぽり頂いてったとか」

「かもしれない。ボズウィン警察署に電話して、デ・ハーンの殺人捜査について情報を聞いておいてくれよ」

J・Jが天を仰いだ。

「あんたが指図してくれなかったら俺はどうやってお仕事したらいいやら、ウエスト」

「いい案が浮かんだら教えるよ」とウインクし、ジェイソンはオフィスのドアを閉めた。


昨日は一人になれたので、我々が美術品を貯蔵しているトンネルに下りていった。丸一日、じつに見事な絵を眺めてすごした。絵は本のように壁に立てかけられ、額縁が仰々《ぎょうぎょう》しすぎるものもあるが絵の輝きが欠けることはない。絵画とは素晴らしいものだ。このような至高の職人技と天上の色彩の産物を見られるのは一握りの人間のみだ。我々はここで重要な任務を果たしており、その一員であることが誇らしい。

ジェイソンの心臓がとび跳ね、二ヵ月後のボズウィン日刊新聞に載った、一九四五年七月の日付がある手紙の記事のあらゆる行を転がるように追おうとする。

エマーソン・ハーレイの名はまったく言及されていなかった。わずかな救いに感謝だ。エンゲルスホーフェン城に駐留していたモニュメンツ・メンの隊員が誰なのかは調べれば出てくることだとは言え。

携帯電話が鳴って、カラン・キャプスーカヴィッチの名が光った。

心臓が胃の入り口を抜けて下まで落ちた気がした。一瞬待って、小さな通話アイコンが揺れるのを見つめる。先送りにしたところで何になる？　もう時間切れだ。

ジェイソンは応答ボタンを押した。

「はい」

『ジェイソン』カランが言った。『デ・ハーン殺害について進展は？』

いつものてきぱきした、だが情のこもった声だった。ジェイソンは用心深く答える。

「現在は特に。J・Jがボズウィン警察署に当たってます。あそこの署長が、自分の縄張りに我々がいるのを快く思っていない模様です」

『それってエイモス・サンドフォードのこと？』

「そうです」

『彼からのメッセージが私の机に積み上がっててね』

「やはり」

『まあ我々に嗅ぎ回られたくないなら、彼もさっさとうちの告発人が殺された事件を解決すればいい』

小さな間が空いた。

『いいかな、ジェイソン』彼女が口調をあらため、ジェイソンは最悪を覚悟する。『月曜の銃撃で死亡した若者の両親が、あれを不当な死だと訴えたことで不安を呼んでいるのはわかる』

様々な事態で頭がいっぱいで、ジェイソンはブロディ・スティーヴンスの親が起こした訴訟のことをきれいに忘れていた。

「はい」と反射的に答える。

『これは非公式な話だ。だから私からは何も聞いていないよ。とにかく、信頼できる筋から聞いたが、発砲行為審議会《SIRG》はあなたとラッセル捜査官による殺傷武器の行使を正当と判定するつもりでいる』

「それは……ほっとしました」

たしかに。だがそもそも、疑ってはいなかった。すでに脳裏で十回以上あの銃撃戦を思い返したが、自分とJ・Jにほかの選択肢があったとは思えない。若いスティーヴンスが死んだのは悲しいことだが、あのまま罪のない人間が巻き込まれて撃たれていればもっと耐えがたかっただろう。

『あなたは流れを知っているだろうから、パートナーに説明してやってくれないかな。仮に裁判になるにせよ、司法省が代理をする。何も焦ることはないから、できたらラッセル捜査官に言ってやってくれ、知る限りのＦＢＩの人間に端から電話して回るのはもうやめにしてほしいと』

ジェイソンはたじろいだ。

「わかりました。言っておきます」

『ありがとう』カランが口ごもった。『発砲が妥当と判定されるのは、まずそれとして、もしラッセルが自分の行為と向き合えないようであれば、カウンセリングの体制は整っていると伝えるといい。むしろ、どんな様子でも、彼が部下なら私はカウンセリングを勧めるけど』

「その話はしてあります」

『そう。何か心配があればジョージ・ポッツに相談を。あなたはラッセルに背中を預けている。万が一があっては困る』

「はい。たしかに。よくわかります」

カランがきびきびと、話を切り上げにかかった。

『よし。何か新たな報告事項は？』

サムは彼女に言っていないのだ。その事実を、ジェイソンは信じられない思いで嚙みしめた。

だが……そもそも、サムが言うと考えていたのか？

「いいえ――」ジェイソンはゆっくりと答えた。「まだ、何も」

『わかった。随時報告を』

カランが電話を切った。ジェイソンは携帯を見つめていたが、それからまた古新聞にとりかかった。

二時間後、一九四五年九月の手紙に、ついにジェイソンは探していたものを見つけた――あるいは恐れていたものを。

ハーレイ副長が去って数週間、つまらない仕事とどうしようもないドイツ人ばかりだ。この陰気で知的なところのない連中に、まともな話し相手などひとりもいない。

そう、これだ。別にトンプソン大尉が、エマーソン・ハーレイと共謀したと明言する必要もない。誰かがその結論を出す。

この記事に名が出ているのを見れば。

恐ろしい、胸張り裂けそうな一瞬、ジェイソンはこのページを引き裂いてしまおうかと思う。

だが駄目だ。歴史的な文書を破壊するなど、ジェイソンには決してできない。それが古新聞であろうが。隠すことすら考えられないくらいだ。その誘惑が頭をよぎっただけでもショックだった。

そもそも、そんなことをして何になる？　せいぜいが、トンプソンが駐屯中の美術品保管の指揮官がジェイソンの祖父だったという事実の発覚が遅れるだけだ。

真実は白日の下に晒される。

良かれ悪しかれ。

真実が出れば、解放はされる。だからそれをよかったとも言える、だろう？

もし祖父が無実だと心底信じているのなら——信じているが——どうして事実を隠そうとする？

デ・ハーンの調査の中でエマーソン・ハーレイの名に出会ってから初めて、ジェイソンは自分に、祖父なら何を望んだだろうと問いかける。祖父が今のジェイソンの立場だったらどうしただろう、と。

その答えはあまりにも明白で、頭のてっぺんを平手で張られた気分だった。現実には祖父から一度もされたことのない行為。

エマーソン・ハーレイは、その人生で戦いから逃げたことはない。どのような疑惑にも真っ向から立ち向かい、白日の下に引きずり出して次々と叩き伏せたことだろう。そして、ジェイソンが祖父の名誉を〝守る〟ために倫理違反を行っていることを知ったなら、祖父は呆れ返ったに違いない。

(私の名誉をお前に守ってもらう必要などない。この名誉こそが私の守りなのだから)

エマーソン・ハーレイならそう言っただろう。

そして、彼の言うとおりなのだ。

ジェイソンの携帯電話が鳴り、天啓の一瞬は泡のごとくはじけて、ジェイソンは反射的に通話に出た。

J・Jが言った。

『まず言っとくと、やっぱ俺は当たりだったよ。トンプソンはゲイだった。だから言っただろ?』

「あ、ああ。言ってたな」

『だけどあいつが戦後、教師の職に戻れなかったのはそのせいってわけじゃない。当時は誰も気がついちゃいなかった』

「どうしてトンプソンは教職に戻れなかったんだ?」とジェイソンは聞いた。

『そいつは、あの男が一九四五年の十二月に不名誉除隊になったからさ。あいつは軍法会議にかけられ、フランスのビアリッツにあるセント・カーロス侯爵夫人の別荘から貴重な銀器と金彩の磁器を盗んだ罪状で六百ドルの罰金をくらってる』

「本当にか」

『それがマジなのさ』

「いい仕事をしたな。つまり、きみが」

『だろうさ』Ｊ・Ｊはいつもどおりの謙虚さだ。『家族が隠そうとしてるのは何だろうな？　あの男がゲイだったことか、泥棒だって知られてたことか？』

「両方かな。わからない。隠そうとしてることはほかにもあると思う」

『ふん、そりゃお宝だろ、当然。ただこうなると、トンプソンがエンゲルスホーフェン城から物を盗み出せた期間が思ってたより短くなるぞ』

「だな」

　かわりにほかのどこかで盗む時間はたっぷりあった。

『二枚の絵と祭壇画しかないのかもな。ほかの何かを見たっていう証言も誰からも出てこねえし』

「その二枚の絵と祭壇画を見たことがあるという証言は出てきたのか？」

『こねえよ』

「なら根拠にはならない」ジェイソンは考えこんだ。「ほかに話を聞いてない相手は？」

『もういない』

「キレッタの一人目の夫はどうなった？」

『今朝話しただろ、ウエスト。お宝なんか何も見てないって言ってたよ』

そんな話をしていたか？　参った。

「そうだったな。結婚生活は何年？」

『三年。それ何か関係あんのか？』

まずないだろう。現時点で、ジェイソンはとにかく壁を叩いてみているだけだ。どこかに出口はないかとさまようルンバのように。

「二人目の夫のほうは？」

J・Jが溜息をついた。当てつけがましく。

『そっちは女と別れた。まだ居所がわからねえ』

この話も前に聞いたんだったか？

「女性のほうとは話ができたのか？」

『ああそうさ、女には話を聞いた。八年分未納の養育費をよこせって訴えを起こしてるよ。なあ、俺だってこれが初仕事ってわけじゃないんだぞ』

「わかってる。すまない。少し……気が散ってて」

『みたいだな。たまにはちゃんと寝たほうがいいぜ。オフィスにはいつ戻る？』

ジェイソンは綴じられた大量の新聞のことを思った。この先何が見つけられると期待しているのだろう？　モニュメンツ・メンのエマーソン・ハーレイが、守っていた国宝の略奪に加担などしていなかったという公式宣言か？

そんな万能の免罪符のようなものが出てくるわけもない。

しかも実際、そんなものは必要ないのだった。そもそもはじめから。

ジェイソンは答えた。

「今すぐだ」

15

「ここまでわかったところで」とJ・Jが言った。「デ・ハーンはモーテルの部屋で殺されてはいない。どこか別のところで殺され、モーテルの自室に死体を放置された」

「何故だ？」ジェイソンは言った。「これは第二の疑問だが。どうして死体を隠そうとはしなかったんだろう」

J・Jが空の本棚の上の時計に目をやった。

「ふうむ。第一の疑問ってのは？」

「そもそも何故デ・ハーンは殺された？」

J・Jが首を振る。「答えは何だ?」

「第二の疑問のか？　彼らは我々にデ・ハーンを探されたくなかった。こちらが嗅ぎまわったり令状を取ったりしないように──」

「彼ら？」とJ・Jが用心深く聞く。

「彼らだ」

J・Jはそれ以上聞かないことにしたらしい。自分のメモを読み上げていった。

「死亡推定時刻はおそらく真夜中前後。部屋の気温のせいでややこしくなってる。死因──頭蓋骨後部への鈍器による損傷。凶器は不明、だが何か重くて表面がなめらかで角があるものだ。金属製品？　煉瓦じゃないし石でもない。ここが興味深いんだが、デ・ハーンの携帯電話のデータすべてが初期化で消されていた」

「データの復元は可能だろう。通話記録にもアクセスはできる」

「理屈では、まあな。でも誰がそれをやるんだよ？　ボズウィン署はやらねえぞ、言っとくがな」

「彼らは事件をどう見ている？」

「強盗殺人」

「それは筋が通らないだろう。何か盗まれたものがあったのか？」

「話を聞いた……」J・Jがメモを見た。「ウォレス刑事によると、あった。デ・ハーンの財布とパスポートがなくなってる」

ちらっと時計を見る。J・Jは疲れた様子で言った。

「なあウエスト、何かキナ臭えって思ってるのはわかってるが、こいつは俺たちの担当事件じゃないんだよ」

「我々の捜査の一環だ。それは間違いない」

「ん、そうだけどさ、その我々の捜査ってやつ、まだ俺たちのなのかね。これで丸三日、ロイ・トンプソンがあの祭壇画と二枚目の絵以外に何か持ってたか証言できる奴を探したんだ。たとえあんたが正しいとしても、デ・ハーンが正しかったとしても、証拠なしでこれ以上どうするよ?」

「絶対に、彼らがデ・ハーンを殺したんだ。俺はその理由をつき止めたい」

「また彼らかよ。それってトンプソン家のことか?　一家全員?」

「トンプソン家とサンドフォードだ」

「おっと、ちょっと待て。今度はトンプソン家と、サンドフォード?」J・Jが首を振った。

「言いたかないが、あんたのその言い方、ちょっと……」

それ以上は言おうともしない。

ジェイソンは言った。

「とにかく……少し客観的に見てくれ。つまり、考えてもみてくれ。デ・ハーンが行きずりの誰かに殺されてその犯人が都合よく彼の死体をモーテルの部屋まで戻したっていうのか？　どこの誰がそんなことをする？」

「まあ、そりゃわかるよ、でもトンプソン家とサンドフォードが一体どうしてそんなことをする？　そっち側から考えたって何の理屈も立たねえだろ」Ｊ・Ｊはつけ足した。「それに誰だって——外国から来た私立調査員だろうと、行きずりで殺されることはあるだろ。いつでも理屈が通るとは限らねえ」

ジェイソンは声を荒らげた。

「偶然にしては出来すぎだろう！」

「俺たちは警察じゃねえ！」とＪ・Ｊが怒鳴り返す。

二人は睨み合った。ジェイソンは髪を指でかき混ぜ、溜息をついた。

「わかってる。わかってるんだ。ただ今回のことがプンプン臭うと、俺だけじゃなくきみも思うだろ」

「まあな」とＪ・Ｊ。「クソみてえに臭うのはたしかだって、言わないこともないさ。ただ、あんたが言ったんだぞ、トンプソン家にデ・ハーンを消す動機はないってな。たとえ奴らが残りのお宝を持ってたとしたって、殺しをやった上にブツをその先ずーっと動かしようがなくなるくらいなら、問題を現実的に片付けてくほうがずっと楽だろうよ。永遠に塩漬けにするよりはな。フェルメールがひょいっと出てきて誰も気がつかねえなんてことはないからな。たとえほかのブツでも、ひとつでも出てくりゃ全部持ってますって白状するようなもんだ。それどころかあんたの最新の説のとおりなら、殺人を白状するのと同じだよな。どうしてあの一家がそんなことをする？　筋が通らねえ」

「筋はたしかに通っていないが、実際にこれが真相なんだ。わかっている」

J・Jは首を振っていた。

「んで、どうしてサンドフォードがそいつに手を貸す？」

「一家の友人だからだ」

「友人ねえ。殺しを手伝うくらいのオトモダチってか」

「俺たちが現れた瞬間から、サンドフォードはこちらを敵視していた。どうしてだ？」

「FBIが嫌いなのさ。ああいう態度の警官と会ったことが一度もないとか言わないだろ？」

「今回はそれ以上だ。どうしてバート・トンプソンは、牧場にやってきた俺たちを見てサンドフォードに連絡した？」

「今自分で言ってたろ、一家の友人だからさ」

「このことを、ずっと考えていた。サンドフォードは誰よりも早く、地元のパーク郡の保安官より先に着いた。牧場まで俺たちは車で一時間近くかかったんだ。サンドフォードはどうしてあんなに早く来られた？　バートは銃撃の前にサンドフォードに連絡していたんだ。すでに牧場へ向かっている途中だった」

J・Jが口を開け、それを閉じた。

「それだけじゃない」ジェイソンは続けた。「最初にサンドフォードの署に連絡して地元の住人を聴取することを伝えた時、彼は俺からの電話にも出なかったしメールに返信しようともしなかった」

「話が堂々めぐりだよ、あいつはFBIが嫌いなんだって。そんなのあいつだけでもねえしな。何の根拠にもならないよ」

「単独ではそうだが、すべてを合わせると――」

J・Jが唸った。

「全部合わせると、この一月ろくに寝てない男の陰謀論に聞こえるぞ。俺にはそう聞こえるね」とノートパソコンを閉じ、立ち上がる。「そっちは知らんが、俺は今夜デートの予定があってね。明日すっきりした頭でこの問題にまた取り組もうって言うなら、そりゃ結構。どうやらまだLAに戻らないらしいから、明日またお互い――たのむから――ちゃんと睡眠を取った状態で始めようぜ」

「俺は昨夜も十分眠った」とジェイソンは切り口上で返した。

「本当に？　なんせ今日見かけたケネディはよれよれだったぜ」

ジェイソンは沈黙した。

J・Jが上着をつかむ。

「俺はマルティネスに乗せてってもらうから、今夜、車は好きに使えよ」

ジェイソンはうなずいた。

J・Jがドアでためらった。

「マジな話、ウエスト、一晩しっかり休め」

ジェイソンはまたうなずく。「ありがとう。明日、また話そう」

J・Jが出て行ってドアを閉めた。

溜息をつき、ジェイソンは両手で顔をさすった。たしかに疲れてはいる。だからって彼の考えが間違っているとは限らない。デ・ハーンの死は偶然や無作為のものなどではない。ジェイソンたちの捜査に深く関わっている。そして、そう、この説は筋が通らない。それは、まだ明らかになっていない事実がどこかにあるからだ。それが明らかになれば、トンプソン家とサンドフォード警察署長たちが首までどっぷり事件に関わっていることもわかるだろう。

だがどうやってその事実を見つけ出す？　ジェイソンには見当もつかない。

J・Jはひとつ正しかった。日がじりじりと暮れる中、ここに座っていたところで何にもならない。

ジェイソンは立ち上がり、持ち物をまとめ、オフィスを出て——ちょうどサムのオフィスから出てきたトラヴィス・ペティの姿が目に入っていた。

「まさしく」とペティが言った。サムのオフィスのドアを閉めながら笑っている。周囲へ目をやり、ジェイソンを見つけるとたちまちその表情が閉ざされた。

ジェイソンの心に下らない、混乱した感情がこみ上げてくる。嫉妬、傷心、苛立ち。

ペティがうなずき、ジェイソンの脇を通りすぎた。その青い目には好奇の色がのぞいていた。

ジェイソンはうなずきを返し、ペティが自分のオフィスへ入るまで待った。

サムの、閉じたドアへ目をやる。

二十四時間でどれほど状況が変わるか、おかしなくらいだ。昨日のこの時間は……いや、昨日のことはくよくよ考えないほうがいい。今日という日を、プライドを保って乗り切っていくつもりなら。

それと同時に、ただサムに会って話ができないというのが、不自然で、ありえないことに思えた。

思えば、二人はほとんどこの一年、飽くことなく話しつづけてきたのだ。

今朝のサムがどれだけ怒っていようが、今の状況を望んでいないのはサムも同じはずだ。

誰かを愛することを、すぐにやめることなど不可能なのだから。

とにかく、少なくともジェイソンにとっては不可能だ。

サムは……そう、ジェイソンは彼を愛していたが、サムにはいびつなところがある。それは間違いない。

ジェイソンは廊下にぐずぐず残って、心を決めようとした。ついに、物理的にほかに動きようがないような気分で、サムのオフィスへと歩いていく。今朝見たサムと向き合いたくはない一方、引力が強すぎてとてもただ背を向けられない。

そっとドアをノックした。

「入れ」

サムの声はそっけない。

ジェイソンはドアを開けた。

サムが顔を上げる。

ジェイソンを見ても驚いた様子はなかった。むしろ何の様子もない。微笑もなく、目に歓迎の色もない。

ジェイソンは苦しい胸で、自分がどれほどサムのまなざしの温かさに慣れて――それを支えにしてきたか、思い知る。

「話せますか？」

サムの首が傾き、無言かつ無表情の肯定を示した。

結局J・Jは一つどころか、二つ正しかった。サムは憔悴して見えた。昨日はなかったしわが顔に刻まれ、目の下には隈があった。

ジェイソンはドアを閉めてもたれかかった。会話の途中で誰にも入ってきてほしくない。それに、椅子を勧められていないことも自覚していた。

「あなたから……俺が真実を隠蔽したり――事実をねじ曲げて自分や家族を利すると思われるのは、耐えがたい。俺はそんなことはしない。決して、やらない」

サムが口を開く――疲れた声だった。

「人というのは正しい理由を見つけて間違った行いをするものだ。それはお前が最初ではない。最後でもない」

「俺は真実をつき止めたかったんです。それだけだ。そして、自分に先入観があるからこそ、真実を見つけ出すのに最適な人材だと思った」

サムの口元が上がる。だがぬくもりのない笑みだった。

ジェイソンはさらに言葉で押し進む。まさにそんな気分だった――大岩を丘の上に押し上げようとしているような。

「一見、どう見えるかはわかっていますが、でも俺は祖父がどんな人だったかよく知っているんです。祖父は芸術を守ることに人生を捧げた。命を懸けることすらいとわなかった。海の向こうへ行く必要などなかったのに。徴兵されたわけじゃない。四十六歳だったし、海軍予備役の大尉だった。戦地での軍役を志願し、しかし美術品保護の経験があるため新たに設立された建造物《モニュメンツ》・美術品《ファインアーツ》・公文書《アーカイブス》計画への参加を受諾した」

サムが答えた。

「それは全部知っている。お前がどれほど祖父を敬い、愛してきたかも。モニュメンツ・メンでの彼の仕事ぶりに影響を受けて、お前が自分の人生を芸術の保護・保全に捧げようとしたのも知っている。俺は、お前が思ってる以上に理解している――お前にとってどれほどつらいことか。だからこそ、どのような結果でも個人的利害関係を持たない捜査官に託すべきだった」

ジェイソンは口をはさもうとしたが、サムが言葉をかぶせた。

「お前が倫理違反を犯したために、捜査の信用性も損なわれた点は理解しているか？　たとえお前が、祖父はそれらの品の盗難に何の関与もしていなかったとつき止めたところで、お前の偏重によって、その捜査結果には疑いがつきまとう」

「その恐れは承知してますが――」

「恐れじゃない。現実だ」

「だからこそ、祖父が関与していないという絶対的な証拠を見つけるつもりだったんです」

「そうか、今の言葉がまるで安心材料になっていないのは理解しているか？」

「俺の言いたいことはわかっているでしょう」

「なら俺が何をわかっているか、お前に言おうか？　お前の善意は独りよがりだ。肝心なのはお前が理解しながら、自覚的に、倫理規定に違反したということだ。お前は自分のキャリアを捨てた――何のためにだ？」

ジェイソンは沈黙した。少し頭を冷やして整理する時間があれば、事態へのサムの厳しい見方もやわらぐかもしれないと願っていた。だがそれどころか、サムの評価はがっちり固まっていた。すでに怒りはない。この冷ややかな断定はなお悪い。

ジェイソンはやっと、苦々しく言った。

「そうですか。では、俺たちはどうなります?」

サムは返事をしなかった。

ジェイソンはたずねた。

「指輪を返したほうがいいですか?」

それはただの当てこすりで、無論サムから指輪などもらったことはない。指輪の話題など出たこともない——将来の話題も。現実の話としては一度も。

サムの瞳がさらに灰色を帯び、冷たくなった。言い返す。

「俺にとってたやすい話だと思っているのか?」

「いいえ。でも、どれほどきつい話になるか、俺はわかってなかったようです」

それでも公正であろうと努めた。サムが動揺した理由は理解できる。自分がうかつにも、サムを板挟みの立場にしてしまったことも。だが真実を葬ることのほうが悪ではないのか? ジェイソンの判断そのものにサムが反対しているのは理解できる。自分が必要と見れば規則を破るサムが、同じことをする他人に対しては手前勝手なまなざしを向けることも理解していた。

サムが言った。

「そうか? そうだな、愛する相手が信用ならないというのは、俺にとってはでかい問題だ」

客観的であろうとか、サムの立場から見ようなどという気持ちが、ジェイソンの中から吹きとんでいた。

「信用ならない?」声が震えたが、ただの怒りからであってそれ以上のものではない。「俺は信用できますよ、大事な面では必ず。あなたがそれをわかってないなら——」

サムの声が上がり——同時に立ち上がった。デスクを圧するように。

「俺が何を大事に考えるか、お前が決めるな。お前は嘘をつき——」

「嘘はついてない。情報を保留しただけで。あなただって前にやったことだ」

サムがぴしゃりと言い返した。

「俺が情報を止めたのはお前が負傷していた時のことだし、お前の医者からの助言と許可があってのことだ」

そうだったのか。療養中だったジェイソンにどこまで物事を知らせるべきか、サムがわざわざ主治医に確認していたとは知らなかった。思い当たるべきだったか。だがそれでも。

サムの横暴さを示すほかの例などいくらでもあるが、頭に血が上ってとっさに出てこない。

あるいは一つだけ選ぶには多すぎるのか。

「人の助言だったからって、本気で言うつもりですか? 黙っているのが最善とまず自分で決めたからではなく?」

サムが無感情に言った。

「俺は、お前に危険が及びかねないことはしない。肉体的にも、職務上でも」

それは飾らない、ありのままの真実だった。くつがえしようのない。

「そうですね」ジェイソンはサムの視線をまっすぐ受け止めた。「くり返しますが、あなたを巻き込もうとしたわけじゃない。すみませんでした。謝罪はするし、取り消せるものならそうしたい。これ以上、何を言えばいいのか、何ができるのかもうわからない」

聞くのは苦しいが、それでも聞くしかなかった。

「俺たちは……あなたは……もう、俺との仲は終わりですか？　そうしたいんですか？」

「俺がそうしたいわけがないだろう。お前を愛しているんだ。だが」

今回深く息を吸いこんだのはサムのほうだった。一瞬、さいなまれるような表情をした。見るからに、サムにとっても楽なことではない。見るからに苦しんでいた。それがわかってますますつらくなる。

「お前が、知らない相手のような気がする。俺が知っていたお前はこんなことはしなかったはずだ」

直接蹴り出されていたほうが、まだ痛みは少なかっただろう。もはやジェイソンにできたのは抑揚なく「そうですか」と絞り出すことだけだった。

それに対してサムは何も言わなかった。

何ひとつ。

わざと冷たくしているわけではなく、それが今の心の状態だからだ。ジェイソンに真実を告げた今、どうやらそこにつけ足せることは何もない。

ジェイソンとしては、なんとかサムの立場から見ようとする一方、あまりの痛みにただ何かやり返さずにはいられなかった。

「それじゃ、もしあなたが俺たちの、この何だかわからない関係をないことにすると決めたなら、せめて面と向かって伝えてくれますか？　電話やメールではなくて」

サムはその言葉が気に入らなかった。目を細めた。口元がこわばった。

「お前に言わねばならないことがあれば、ウエスト、直に伝える」

「待ち遠しいですね」ジェイソンは言い返した。「で、それまでは？」

サムは迷いすら見せなかった。

「お互い、ひとりの時間が必要だろう」

ジェイソンはうなずき、オフィスのドアを開け、廊下に出ると、静かにドアを閉めた。

信用ならない。

ジェイソンはボズウィン地方支部のガラス扉を体当たりで抜けると、駐車場へずかずか歩いていった。今なら涙はすべて憤怒によるものだっただろうが、涙など一滴たりとも出なかった。目は乾き、焼けるようだ。心臓は火山が吐き出した溶岩のようで灼熱に脈打っている。

傷つき、怒って——今は怒りが勝っているおかげでしのぎやすい——そしてそう、大部分は自業自得だという自覚もある。だがすべてではない。サム・ケネディ、秘密主義者そのものの男が、ジェイソンを「信用ならない」だと？

ふざけるな。

自分のことは棚上げか。人に文句を言う前に鏡を見ろと言ってやりたい。いや……言うことはないだろう、死んでも二度とあんな横暴そのもののクソ野郎に話しかけてやるものか——。

「ウエスト捜査官？」と誰かに呼ばれた。

ジェイソンはくるりと振り向き——相手がジェレミー・カイザーか、例の甲高く細い声の襲撃者であればと半ば期待する。誰かの喉をこの手で締め上げたい気分だった。

だが、違った。ベイビー・メイヒューが駐車禁止エリアの横の歩道に立っていた。

「はい？」

ジェイソンの表情はかなり危険なものだったらしく、彼女はバッグを自分の前に抱えこんでひったくりを恐れる老婦人のようにかまえた。

「この間、いつでも話を聞くと言ってくれたので……」

ジェイソンは数回深呼吸をせねばならなかった。まだあまりに頭に来ていて体が震えている。

(信用ならない)

成人してからこのかたジェイソンは、信用のおける人間になろうとずっと努めてきた。たよれる相手。たのもしい相手。理をわきまえた相手。

信用ならないのは一体誰だ？　あのサム・ケネディだろう、勝手にルールを決めていく男。ルールは自分以外の人間のものだと思っている男。まるでスイッチを切るように感情を切り替えられる男。

気付くと、ベイビーが見開いた茶色の目でジェイソンを凝視し、返事を待ちつづけていた。

「ええ」とジェイソンは言って、自分の声があまりにもいつもどおりだったので驚いた。「中に入って証言されますか？」

「いえ、そんな」それにはぎょっとした様子だった。「違うの、あなたにこれを渡したくて」

彼女が鞄の口をパチンと開け、手を差しこみ、そしてジェイソンはかまえて……いや今日の運勢からして今撃たれてもさほど驚きではない。むしろほっとするかもしれない。

ベイビーが、薄れる陽光を受けてきらめく何かを取り出した。

金のロケット。

まばたきするジェイソンの前で、そのロケットはベイビーの手から垂れてゆるやかに振れ、まるでマジシャンの魔法の護符のようにねじれて、回った。

「大叔父さんが、私の十六歳のお祝いにこれをくれたの」

白黒写真で見たことはあるが、目録の説明文だけでもジェイソンにはそのロケットの正体がわかっただろう。

〈1920年頃。精緻な装飾が施されたハート型のロケット。14金イエローゴールド、0・12カラットのダイヤを9個あしらい、編み込み鎖付属〉

ジェイソンが手をのばすと、彼女は指から鎖を滑らせた。ジェイソンは、自分の指から垂れる繊細な鎖を見つめる。どうやってか、この歳月を生き延びてきたのだ。それは何かの寓意に思えたが、疲れきって傷心のジェイソンには考える余力がなかった。

「中に写真がありませんでしたか?」

ベイビーの唇が震える。うなずいた。

「二枚。昔のセピア色の写真で、男の人と小さな女の子の」

「その写真はまだありますか?」

ベイビーが首を振った。

「私は子供だったから。考えもしなかった、あれが――私にはいらなかったの。自分の写真を入れたくて……それで、前のを出して捨ててしまった」

誰かの心痛。だがローゼンシュタイン家の人々はきっと、写真など失ったもののたったひとつにすぎないと言うだろう。

「ロイ大叔父さんはそういう人だったの。気前がよかった。気に入った相手にいろんなものをくれた。私、てっきり――私たちみんな、それは大叔父さんが好きにしていいものだと思ってたのよ」

「ええ」

ジェイソンはその言葉を信じる。

「でも今、わかってくると……」

「あなたは大叔父さんからほかに何かもらいましたか？」

「いいえ。そうね、遺言で五千ドルもらったけれど。ほかには何も。こういうのは何も」

彼女はロケットへ向けてうなずいた。その言葉を、ジェイソンは真実だと思う。

「どうして今、俺に渡す気になったんです？」

彼女の喉が、ゴクリと唾を飲んではね上がった。

「あなたは……昨日、親切だったから。優しかった。あの……嘘をついてはいけないって、話をしてくれて。それに、あなたの話で、考えさせられて」

申し訳なさそうな顔になった。

「ゲイリーは警察を信用してないの。ずっと昔に問題を起こしたことがあって、今でも警察は人を捕まえようとしてるって思ってる。だましにかかってくるって。でも私には、あなたが絵やそのほかを取り戻せたなら、ほかのことは本当にどうでもいいって言ったように聞こえて」

「あなたに関しては、そのとおりです。ほかのことはどうでもいい。大叔父からこのロケットをもらった時、あなたは子供だった。そしてゲイリーについては特に疑うようなことはない。だから俺の捜査に関係がない限り、もう何もありません」

「ゲイリーは関係ないわ」

その一言がどれほど多くのことを語ったか、彼女はわかっているのだろうか？　いや。気付いていない。

ジェイソンはたずねた。

「ひとつ聞いてもいいですか？　大叔父さんは気前がよかったと言いましたね。ならどうしてバートの娘、あなたの従妹のパティの名が彼の遺言にないんです？」

ベイビーが唇を嚙んだ。

「ロイ大叔父さんは、シンディとパティに対して、ちょっとこだわりがあって。バート叔父さんの生き方を認めてなかったの」

「彼が、バ、ー、ト、の生き方を認めてなかった？」

「バート叔父さんがもっと若かった頃、ちょっと荒れてて。バーに入り浸ってよく喧嘩してた。でもシンディと出会ってがらっと変わったの。ただ、ロイ大叔父さんはバート叔父さんとシンディ叔母さんの結婚に反対だった。ひとつには、シンディは私とほとんど変わらないくらいの年齢だったし、それに妊娠してたから。ロイ大叔父さんは彼女を軽い女だと思って、頑固に結婚に反対してた」

何を驚く？　誰にだって偏見や先入観がある。泥棒だったロイが、同時にお高くとまった俗物《スノッブ》であってもおかしくないように。

ベイビーが言った。

「バート叔父さんのことは結局許したけど、パティのことを自分の又姪だとは絶対認めようとしなかった。いつも、血はつながってないんだって言ってて」

「なるほど。そういうことですか、ありがとう」

「バート叔父さんは……みんなに誤解されてるけど。でもシンディのことがあっても、入院してたロイ大叔父さんを一番見舞いに行ってたのはバート叔父さんだったのよ。うちのママとよく、大叔父さんの友達を見舞いに来させてもいいかどうか言い争ってた」

「大叔父さんの友達とは？」

ベイビーが言いにくそうに言った。

「ゲイの人たちよ。ロイ大叔父さんはミズーラに部屋を借りてて、ゲイのお友達と会う時はそこに行ってたの。病気になって入院してからは、ママがそういう人たちを大叔父さんに近づけようとしなかったのよ。バート叔父さんは、別にいいじゃないかって言ってた。でもママにはダメだったの」

「ミズーラの部屋は、今は？」とジェイソンは聞いた。

彼女は肩をすくめる。

「バート叔父さんとシンディが片付けたと思うわ。よく知らない」

「ありがとう。とても参考になりました」と言い、ジェイソンはロケットを掲げた。「これはあるべきところに戻れるようにします」

ベイビーは悲しげにうなずき、背を向け、歩き去った。

ジェイソンは少しそれを見送った。ロケットを見下ろし、笑みを抑えられない。証拠だ。待ち望んでいた証拠が出た。

このロケットが、ロイ・トンプソン大尉の盗みは祭壇画と二枚の絵画にとどまらなかったということを、明白に証明してくれる。トンプソンはこのロケットを故郷へ送った——すなわちエンゲルスホーフェン城の美術品保管所の在庫リストから消えた十五点の品すべてが、ほかならぬトンプソン一人によって持ち出された可能性が高い。

あるいは誰かと二人で。

ジェイソンはロケットをポケットにしまい、車へ向かった。

ガラスパネルの入った灰色のドアが開くと、ジェイソンはパトロン・エステート・リリースのテキーラを持ち上げてみせた。

「悪いタイミングでしたか？」

ドクの眉が上がった。

「酒と仲良くするのに悪いタイミングなんかないさ」とニヤリとしてスクリーンドアの留め金を外し、大きく開く。「入ってくれ。ちょうど夕食中だ。なんなら一緒にどうだい」

「どうも、でももう食べてきたので」

ジェイソンはそう嘘をついた。青銅でできた先住民の酋長のドアストッパーをまたぎ、ドクにつれられて、栄光の日々の白黒写真が並ぶギャラリーを歩いていく。

「〈叫ぶ鷲〉」ジェイソンは言った。「第101空挺師団は、じつにタフな部隊でしたね。〝槍の穂先〟とも呼ばれましたよね？　占領下だったフランスに初めて足を踏み入れた連合国軍の兵士。あなたたちは四十五年五月のバイエルンにいた。ヒトラー所有のセラーにあったワインとコニャックを飲んだんだ」

ドクが応じた。

「豆知識が豊富だな。ジミ・ヘンドリックスが101師団に所属してたのは知ってるか？」

「つまりあなたは、第3歩兵師団と同時期にバイエルン州にいたことになる。昔なじみのロイ・トンプソン大尉と同時期に」

「歌にもあるだろ、小さな、狭い世界なのさ」

ドクが片付いたキッチンへジェイソンをつれていった。テーブルには一人分の皿が出ている。コンロの上のフライパンでは、バターの中でマスとジャガイモがパチパチと焼けていた。

「今朝の釣りたてさ。釣りは好きかい、ウエスト捜査官?」

「好きです。近頃は時間が取れませんが、ええ。祖父に教わったんです。祖父も、あなたとトンプソン大尉と同じ頃にバイエルン州にいた」

ドクが思案含みの相槌をこぼし、フライ返しで魚の身をひっくり返した。

「それが、お前さんがこの間聞いたエマーソン・ハーレイって人かな?」

「そのとおりです。祖父は建造物《モニュメンツ》・美術品《ファインアーツ》・公文書《アーカイブス》計画の副長でした」

「モニュメンツ・メン」ドクが苦笑いした。ちらっとジェイソンを見る。「話の先が読めてきたな」とテーブルへ顎をしゃくった。「座ってくれ。今、酒を作る」

ジェイソンは席に着いた。磨かれたクルミ材のテーブルに、白地に青のデルフト風の風車型塩コショウ入れセットが置かれている。塩入れを持ち上げて、消えかけの刻印を読んだ。〈占領下日本製〉。それを下ろした。

ドクはブレンダーに氷とテキーラを入れるのに忙しそうだ。

「最高のマルガリータのコツは、搾り立ての果汁を使うことでね」

ジェイソンのまなざしは何となしに、よく磨かれたキッチンをさまよった。板張りの床は舐めても大丈夫そうなくらい清潔だ。自分の仮説に確信を持ってドアの前に立ったはずが、今では迷いが生じていた。

「衛生兵だったんですか？　ニックネームはそこから？」

ドクが笑った。

「まさか。ドクって呼び名は、ドイツ野郎《ジェリー》どもを安らかにおねんねさせる俺の見事な手際から来たもんさ」

「ああ……」

ドクがブレンダーのスイッチを入れた。氷と液体が騒がしく回転する間、じっとジェイソンを観察する――そしてジェイソンも見つめ返した。

ブレンダーを止め、ドクはそのマルガリータを二脚のシャンパングラスに注ぐと、テーブルに運んでくる。

ジェイソンは自分のグラスを取って、互いのグラスをカチンと合わせた。

ドクが「ジェロニモ」と言う。

ジェイソンは冷えた、ピリッとした酒を口に含んだ。マルガリータはそれほど好きではないが、これはうまい。生のライムはたしかに違う。

「いつでも作れるように用意があるんですか？」

「そうさ。そなえよつねに、ってな。１０１師団のモットーさ」

ジェイソンはニヤッとした。

「それはボーイスカウトのモットーでしょう。101師団のモットーは〝運命とのランデブー〟でしたよね？」

ドクが考えこむ。「だったかもな」とうなずいた。酒を少し飲み、それから一息に流しこんだ。

ジェイソンもその真似をする。

「もう一杯？」とドクが誘った。

「ええ」

ドクがもう一杯こしらえ、ピッチャーでテーブルに持ってくると二人のグラスに注いだ。

「塩はつけないのさ。俺の歳じゃよくないからな。それに、お前さんに毒を盛ろうとしてるって思われても困る」

ジェイソンは笑い声を立てた。

「いや、あなたはそんな洒落た小細工はしないでしょう。俺の帰り際にあそこの青銅のドアストッパーで頭をぶん殴るだけだ」

ドクも笑った。

「気に入ったよ、若いの。お前は切れる奴だ」

自分のグラスを干すと、彼はきびきびと言った。

「もう一杯やろう。そしたら、知りたいことを教えてやるよ」

17

おかしなことに、しゃべったのはほとんどジェイソンのほうだった。

まずは事件の話から始め――そして自分がドクに抱いた最悪の疑惑（ドクはそれに笑いころげた）を語り――、どういうわけか祖父の話になり、彼の汚名を雪《すす》いで後世に残されたその遺産を守ることがどれほど大切に思えていたのかを語った。エマーソン・ハーレイ本人であれば自分の名につく傷など「噴飯もののたわ言」だと一笑に付したはずなのに。祖父お気に入りの言い回しのひとつ。エマーソン・ハーレイ本人ならきっと、戦時中に成し遂げた任務の成果そのものが誇らしい遺産であり、それがすべてだと言っただろう。

「いいや」ドクが重々しく言い、グラスを上げてジェイソンの目をのぞきこんだ。「違うね。彼は、きっとお前こそが自分の遺産だと言ったさ」

当然、ドクはすでにジェイソンの倍の量を飲んでいた。

「どうしてロイの話が最初と変わってったんだか、俺にはわからん」とドクは認めた。「あいつのしたことの半分も、俺には理解できなかった。金目当てでやったことじゃなかったよ。金にこだわりはなかった。お宝はひとつも売らなかった。そいつははっきり言える。今売りとばされてんのを見たら、あいつは怒り狂うだろうよ。周りにはあれこれくれてやってたが。自分のママにもエメラルドのイヤリングをやったさ。どうしろってつもりだったんだろうな、教会通いするようなつつましい女性に？　たしかクリスマスに一回着けただけで、グッドウィルに寄付しちまってたよ」

　ジェイソンは酒を喉に詰まらせ、咳き込んだ。

　ドクが肩をすくめる。

「ロイは慌ててたが、ほかにどうなると思ってたんだか。あの品々をもう返還することはできないって、あいつがそう思ってた理由はわかるよ。しでかしたことを知られずに返すなんて、どうやっても不可能だったからさ。バレるのだけはありえなかった」

「残りの絵画はどこなんですか？」とジェイソンは聞いた。

「今のありかは知らんな。前にどこにあったかなら教えてやろう。ロイの家の裏手に納屋があってな、床の跳ね上げ戸から地下に入れる。あいつはそこを専用の小さな美術館みたいに改造してた」

「それってキレッタが相続した家ですか？」

「そうさ。彼女とロイは仲良しこよしだった、同じ穴のムジナみたいにな」とドクが鼻で笑った。

「一家の誰かがデ・ハーンを殺したんです」

「ないな」ドクが首を振った。「そう見なしたくなるのはわかるが、そいつはない。全員よせ集めたってそんな度胸はないね」

度胸については、ジェイソンは流した。背後から男を殴ることにさしたる胆力が要るとは思えない。

サンドフォード警察署長が一枚噛んでるという疑惑についても話したが、ドクにそれも一蹴された。

「話にならんよ。ロイがサンドフォードを相続人に入れるとか、あるわけない。サンドフォードのことを忌み嫌ってた。昔からずっと。偉そうな口だけ野郎だってな」

「なら、そう思うようになった原因は何でしょう？　そこに手がかりがあるかも」

ドクが首を振る。「そりゃないね。全然ない」

ジェイソンはドクほど量を飲んでいなかったが、どうやら十分酒が回ってきたようで――なにしろドクに向かってビッグ・スカイ観光牧場であった銃撃戦の話を始め、弾丸が飛び交う前からバートがサンドフォード署長に連絡していたのではないかという自分の疑惑を話していた。流れで、J・Jや人を射殺したことを持て余す彼の悩み、さらにはまた撃たれるのが怖いというジェイソン自身の恐怖についても打ち明けていた。

「怖がらないほうが阿呆だ」ドクはジェイソンにそう言った。「それとも泣きわめいてチビッたりするのか？」

「は？　いや、まさか」

「ならお前は問題ないよ。バッチリやれてる」

そしてどういうわけか――どうも自覚している以上に酔っていたらしく――そのままサムと、二人の関係でやらかしたジェイソンの過ちについて話していた。

「がっかりな男だな」とドクがわずかにもつれる舌で言う。「お前が助けを求めてきたってのに、お前を責めただけで見殺しにした。お前を助けようとしたか？　何もしてねえ。そんな奴は忘れろ。人の心ってもんがない。俺はな、人情のないクズがなにより嫌いなんだよ」

ジェイソンの携帯電話が鳴り出し、二人はそれが最新の発明品であるかのようにまばたきして凝視した。

ジェイソンは携帯電話を取り上げ、発信者名の表示を見る。

「これは出ないと」

ドクが好きにしろと手を振り、どんよりした目で空のグラスを見つめていた。

ジェイソンは裏庭へ出た。上気した顔に、冷たい夜風が気持ちいい。風は花の香りがした。石を配したロックガーデンの中心で噴水が囁くような音を立てている。月明かりが梢を光らせ、バラやほかの花たちを青白く染める。木のフェンスごしに隣家のテレビの音が遠く聞こえた。

ジェイソンは通話に出た。

『よお』とJ・Jが一声かける。『もしかしたら、あんたは俺が思ったほどイカれてないのかもな』

「わざわざ報告どうも」とジェイソンは返した。「今夜はよく眠れそうだよ」

『だな。それがさ、サンドフォードとトンプソン家のつながりがわかったんだぜ。ていうかサンドフォードとキレッタのな』

「どんなつながりだ？」

『あの二人、昔、地元の熱々カップルだったのさ』

「いつ頃？」

『八年くらい前だ。あまり隠してない秘密の関係ってやつだった。それでサンドフォードの一度目の結婚が駄目になって、冬カボチャ王が女と逃げたのも多分そのせいだな』

ジェイソンはゆっくりと言った。

「それは二人目の夫のことだよな？　まだ連絡がつかない元夫？」

『そうだよ。ま、八年ってのは随分前の話だし、二人の関係も大体そこで終わってる。でもこいつはつながりだ。あんたは正しかった』

「今、マルティネスといるのか？」

『そうさ。それ以外、どこからこんな話を聞くんだよ』

地元のゴシップなしじゃ捜査も成り立たない。

た「わかった。役に立つ話だ」

『役に立つのはわかってる』J・Jが言った。『役に立つって、言ったろうが』

　どうやらJ・Jのほうも一杯か二杯、酒が入っているらしい。

「そうだな。よし、明日また方針を練ろう」

『どういたしまして』とJ・Jが言って、電話を切った。。

　ジェイソンが家の中へ戻ると、時代物の帽子箱らしきものがテーブルの真ん中に置かれていた。

「それがお前のほしかったもんだよ」ドクが声をかけた。「その中に答えがあるとは言わないが、中にある答えは全部くれてやる」と厳粛にうなずいた。

　ジェイソンもうなずき返す。今は、目の前が開けた気分だった。

「もう行かないと」と言った。「考えて、たしかめたいことがあるので」

「お前の〝運命とのランデブー〟だな」とドクが宣言した。

「どうでしょう。かもしれない」

「東へ向かって、最初の右折を南8番街通りに入れ」と教えてくれた。「そのまま三百メートルほど進め。右手にその家がある。ダークグリーンの飾り縁つきのライトグリーンの家だ。勾配屋根の。三区画分の広さがある。納屋は裏手。路地から入れる。当たりが出るかもな」

「わかりました」

「見送らないぞ」

ジェイソンはうなずいた。来た道を戻って、ドクの生涯が飾られた白黒のギャラリーを抜け、これでドクから殴られるかもしれないと疑っていた先住民の酋長のドアストッパーをまたぎ、ドアの鍵を開けて出て、ドアを閉めた。


見覚えのある、警察のマーク入りのSUVがキレッタの家の前に停められていた。

家中の明かりがついているようで、ひだ付きのカーテンを透かしてキッチンテーブルの前で泣いているキレッタと、そばに立って腕を振り回しながら何か怒鳴っているサンドフォード署長の姿が見えた。

窓枠の中の二人から目を離さず、ジェイソンは携帯電話を取り出した。

『勘弁してくれよ。タイミング最悪だぜ』とJ・Jに教えられる。

「今どこにいる?」

『あんたからの連絡が一番来てほしくなかった場所さ』

「ああ……悪かった。それなんだが、援護が必要なんだ。今、ロイ・トンプソンの昔の家に来ている。この家の裏手にある納屋の地下室に絵があるという情報が入ったので」

『ふざけてんのか?』J・Jがすっかり目も頭も冴えたように語気を強めた。『あんたは入れねえんだぞ。令状がないんだ』

「わかっている。令状を請求する前に、そもそもその必要があるかたしかめておきたいだけだ。トンプソンはあの祭壇画と二枚の絵画を残して、ほかは処分してしまったかもしれないし」

J・Jが答えるまで少し間が空いた。

『……いいか。そいつはまともなやり方じゃない』

「わかっているよ」

『そいつは不法侵入だ、ウエスト。さもなきゃもっと悪い。忍び込んだのが見つかれば、あんたのキャリアは終わりだぞ』

「どのみち俺のキャリアはもう終わりだ。宝を取り戻すチャンスが少しでもあるなら、喜んでそこに賭けるよ」

『一体何を言って……それに俺が捕まりゃ俺のキャリアもおしまいだろうが！』

「なら捕まらないことだ。来るのか、来ないのか？」

『てめえ。ああ、行ってやるよ！　俺が着くまで一歩たりとも足を踏み入れんじゃねえぞ』

納屋には鍵がかかっていた。当然だろう。

驚いたのは、ドアフレームの上に鍵が置かれていたことだ。ジェイソンはただ手をのばし、フレームの上をなぞって冷えた金属片を探り当てればよかった。

肩ごしに振り返る。暗い庭の向こうからまだサンドフォードの声が聞こえていたが、木々にさえぎられて家は見えない。スプリンクラーから芝生に水が放たれて、低木や芝にはねる水滴が月光の下で銀色に変わった。

ジェイソンは納屋の鍵を開けた。蝶番がきしみもせず、扉が開く。

暗い中へ踏みこみ、ハイパワーの小型懐中電灯を点けた。光の輪が、画家のアトリエらしき様相を浮かび上がらせる。窓のそばに立てられたイーゼル。空白のカンバスが何枚か壁に立てかけられている。逆側の壁には絵を描いたカンバスがもたせかけられていた。一見したところ、無地のカンバスのほうが高く売れそうだ。

懐中電灯の光に何かがキラッと光った。扉近くの床に丸眼鏡が転がっていた。

心臓が大きくはねた。ジェイソンは携帯電話を取り出してその写真を撮る。眼鏡には手をふれない。必要ない限り何にもさわったり動かしたりしないよう努めた。

赤いボハラ絨毯が部屋の中心に敷かれていた。膝をつき、絨毯をめくると、聞いていた跳ね上げ戸がそこにあった。

鼓動が激しく鳴る。もし、ジェイソンの予想が当たっていたら？

きっとハワード・カーターはツタンカーメン王の墓に足を踏み入れる時、こんな気分だったのだろう。それか穴に落ちたマルセル・ラヴィダがラスコー洞窟の壁画を見つけた時も。

へこんだ取っ手に手をかけ、引いて、戸を持ち上げた。きしむこともなく開く。おかしな匂いの風が冷ややかに吹き上がった。古びたテレピン油のいぶしたような匂い、ワニス、クルミ油、古い木材の匂いに鼻がムズムズする……そして何か奇妙な、ニガヨモギのようにぴりりとする匂い。

一体、何の匂いだ？

コンクリートの階段が、見るからに広々として暗い地下室へのびていた。月明かりは階段の最上段までしか届かない。

ジェイソンは手元の懐中電灯で階段を照らした。何も見えない薄闇。

階段を下りはじめた。

一番下まで着くと、奥行きのある四角い部屋を懐中電灯でぐるりと照らした。金の額縁に入った絵が壁に並んで掛けられているのを見て、心臓が止まりそうになる。

九枚どころではない絵がそこにあった。

神話の場面から日常風景まで。笑っている顔、苦しみの顔、抽象化された顔。華美、窮乏、その中間のすべて。絵の具とカンバスという詩で綴られた人類の物語。

「なんて……」

ジェイソンは呟いた。喉がつかえる。目がじんと沁みた。自分がちっぽけに思える。見知った、あるいはなじみのない名画たちの前に立ち、畏敬の念に圧倒されそうだった。

ゆっくりと部屋を回って、置かれているものをたしかめにかかったジェイソンは、二つのものに心を奪われていた。

一つは、長い黒髪の若い男がステンドグラス窓の前で手を洗っている絵だった。木枠のついたその絵は装飾的なイーゼル――それ自体が名品だ――の上に設置されており、そして、まごうことなくフェルメールの筆だった。

もう一つジェイソンの目にとびこんだものは、椅子にくくりつけられた骸骨《がいこつ》だった。

18

まぎれもなくエマーソン・ハーレイの孫であるという証拠に、ジェイソンがまず確認しに向かったのは絵のほうであった。

どうせ骨は年代ものの骨格標本だろうと決めてかかったせいでもある。ロイ・トンプソンのアンティーク趣味はそういう悪趣味にまで及んでいたのかもしれないし。

それになによりフェルメールだ。

肖像画に描かれた見覚えのある男の顔を見つめて、ジェイソンは気が遠くなりそうだった。

見覚えがあるのは、『天文学者』や『地理学者』のモデルと同一人物だからだ。同じ集中した表情、同じ面長で線の細い顔、同じ雄弁な手。同じような学者風の青緑色のガウンをまとっていた。ほかの二枚と同じ部屋だ。角に置かれた棚、同じ対の天体儀——ひとつは天球儀、ひとつは地球儀。ただし地図や本が置かれていた机には、かわりに光を反射する洗面器と水差しが置かれていた。ギリシャ風の彫像と渾天儀が色のついたトランクの上に置かれ、背景を望遠鏡が大きく占めている。

二人とも間違っていたのだ。ジェイソンもデ・ハーンも、思い違いをしていた。フェルメールは『恋文』や『眠る女』の開口部のある構図ではなく、『天文学者』や『地理学者』と同様の構図を用いた。そしてかわりに絵に枠をつけることで、見る者が半開きの扉の外に立って、ごく私的な刹那をのぞきこんでいるような効果を与えたのだった。

遅ればせながら、ジェイソンは骸骨のことを思い出す——その骸骨がどう見ても無関係ではなく、骨格標本でもなさそうだということを。

後ろ髪を引かれる思いで絵に背を向けた。

「銃を外に投げて、両手を上げて出てこい！」

サンドフォードの声が頭上から鳴り渡った。

反射的にジェイソンは深い影にとびこみ、手近な壁に身を寄せた。さっき上から見下ろそうとしたので、サンドフォードが部屋の明かりをつけようともこの角度なら見えないのはわかっている。

「てめえが余計なことをするからややこしくなったんだ」とサンドフォードが言った。

「そのセリフ、そのまま返す」

ジェイソンは言い返した。壁伝いに素早く動いて二メートル近いアンティークの装飾杭をつかみ上げると、跳ね上げ戸の支持棒にそれを突きこんだ。

跳ね上げ戸がバタンと轟音を立てて閉まる。

狼狽したキレッタの声が上からくぐもって聞こえた。

「てめえはどこにも逃げられないぞ」サンドフォードが怒鳴った。「こんな真似をして何になると思ってやがる」

彼は跳ね上げ戸に向けて発砲した。頭上の弾孔から光が差しこむ。

キレッタが悲鳴を上げはじめた。ジェイソンは怒鳴った。

「気でも違ったのか⁉　ここに何があるかわかってるのか！」

「てめえがいるよ！」

「何百万ドルもする絵なのよ！」キレッタが泣きわめいた。「銃なんか撃たないで」

「絵のために刑務所行きになってたまるかよ」サンドフォードが言い返した。「はじめから、お前にたのまれて手を貸したりしなきゃよかったよ。いつまでも終わりゃしねえ。どっちを向いても、必ず何か厄介事が出てくる」

キレッタがすすり泣きながら何か言ったが、ジェイソンには言葉が聞き取れなかった。

サンドフォードがさらに二発撃った。弾丸が床で跳ね、ジェイソンの数十センチ脇の壁に当たる。二発目は壁の絵を叩き落とした。キレッタがまた悲鳴を上げ、サンドフォードが「黙れ」と命じる。

ジェイソンは悪態をついた。死にたくはないが、このままとてつもない価値の芸術の至宝が壊されていくのは耐えられない。必死で打つ手を探したが、銃弾を浴びせられることほど集中力を乱すものはない。

できるだけ時間を稼ぐのが一番いい手だろう。三区画分の敷地だろうと、この悲鳴と銃声を隣人の誰かが聞きつけるはずだ。それにJ・Jの到着もきっともうすぐだ。

「出てこいよ。さもなきゃ撃ちまくるぞ」サンドフォードが後知恵でつけ足した。「お前と話がしたいだけだよ」

ジェイソンは揺れる笑いをこぼした。もちろんそうだろうとも。ただの気さくなおしゃべり。

ジェイソンからの反応がなかったので、サンドフォードがスイスチーズのように穴だらけになった戸の向こうからまた撃ち出した。

撃ちやめる。

「そうかよ。その手でいくのか？　ならこうするか。お前を閉じこめて納屋に火をつけてやる」

「待て！」ジェイソンは叫んだ。「やめろ。今そっちに行く」

「まず銃を投げろ。それから両手を頭の後ろで組んで、ゆっくり上ってこい」サンドフォードがつけ足した。「戸を開けるのはキレッタだからな、撃ってもこいつに当たるだけだ。それに、こいつを撃てばてめえはぶっ殺す」

キレッタが抗議した。サンドフォードが罵る。

「戸を開けやがれ。奴はお前を撃ちゃしねえよ」

ジェイソンは数回深呼吸をした。顔を見せた途端にサンドフォードから撃たれることはないだろう。モグラ叩きのようにはならない。まずジェイソンがどこまでつかんでいるか知りたいはずだ、違うか？　ほかには誰が知っているのかも。

もっとも、今の署長はあまり論理的な精神状態にあるようには見えないが。

キレッタがごそごそと手探りすると、戸が細くゆっくりと開いた。

「銃を外に投げろ」とサンドフォードが命じる。

ジェイソンは自分のグロックの安全装置をかけ、戸の間から放り投げた。銃が床にカンと跳ね、蹴りとばされて横滑りする耳ざわりな音が聞こえる。

「上がってこい」

ジェイソンの口は布のように乾いていた。鼓動が激しく鎖骨を鳴らしている。

「今行く」と答え、ジーンズの左裾を引っ張り上げた。

キレッタが跳ね上げ戸を引き上げ、さっと横に隠れた。サンドフォードが戸口の正面に立つ。銃の狙いをつけて、ニヤついていた。

ジェイソンはゆっくりと階段を上りはじめた。明かりが思った以上にまぶしい。ひるみ、よろめいて、ジェイソンは左膝を折ると、足首のホルスターから予備のグロックを引き抜いてバネにはじかれたようにとび上がり、啞然としているサンドフォードの顔面に銃口をつきつけた。

「指一本でも動かしたら殺す」ジェイソンは喘いだ。「もしフェルメールに穴でも開いてたら、やっぱり殺す」

サンドフォードが自分の銃をジェイソンの胸元にぐいと当て、それを押し返す防弾ベストの感触に気付いた。ジェイソンは首を振る。経験済みだ、こちらも。どのみち頭に血が上っていてどうでもよかった。

サンドフォードの目がチラッと揺れ、状況を悟る。

「銃を捨てろ！」マルティネスが納屋の戸口から怒鳴った。「今すぐ！」

戸口に浮き上がった彼女の姿は完璧な射撃スタンス。ただしジーンズと靴の上は短いコットンのネグリジェ姿で、アニメの柄付きだ。

「その男はマジだぞ」Ｊ・Ｊが開いた窓から身をのり出して、銃の狙いをつけた。「俺が保証するよ。絵が絡むと、そいつには冗談も通じやしねえ」

「パーティーまで残る気はないのか？」とＪ・Ｊが聞いた。

「ああ」

「午後の便で帰るのか？」とＪ・Ｊ。

「ああ」

「でもよ、あのパーティーは俺たちの栄誉を称えるもんでもあるんだぜ」

部分的には。前夜、あそこにマルティネスがいたおかげで、地元紙が〈盗難にあったナチスの略奪美術品と財宝の歴史的な奪還劇〉と褒め称える回収について、ボズウィン地方支部が功績を主張する根拠ができた。だが主にこのパーティー――トラヴィス・ペティ特別捜査官主催だ――はディアロッジの壊し屋事件の裁判の勝利（当然の）を祝うものだった。言い換えるなら、店への支払い一回で二回分の祝杯をまとめるわけだ。

ジェイソンは言った。

「きみにまかせるよ、我々の……栄誉を受けるのは」

彼は空港に向かう途中で、ボズウィン地方支部に忘れ物がないかたしかめに――まだ自分に所持が許されているものがあるなら――と別れを言いに立ち寄っただけだった。

「一体どういうことなのか俺に説明する気はねえのかよ？」

「どういうことかはわかってるだろ。キレッタ・マッコイは八年前、ネットで会った女と逃げようとしていた二人目の夫を、カッとなって殺した。彼女の叔父のロイと、当時の恋人エイモス・サンドフォード署長が、犯罪の隠蔽と死体の隠匿に手を貸した」

すでに昨夜何万回とくり返した話だったが。ボズウィン地方支部相手に、ギャラティン郡保安官事務所相手に、支部長フィリップス相手に、そしてやっと明け方の眠い目をこすりながら、ソルトレイクシティ支局のお偉方との電話会議でも。

「そいつをデ・ハーンが見つけちまった、と」

「そう。不運にも、デ・ハーンは昨夜の俺と同じことをしようとして——そして同じく無音の警報装置に引っかかった。キレッタが、大叔父にもらった立派な大理石のブックエンドを持って駆けつけ、地下室から上ってきたデ・ハーンの脳天を殴りつけた」

サンドフォードがやってみせた恫喝と発砲より、そのほうがはるかに効果的だったわけだ。もっとも昨夜のサンドフォードはもう限界に達していた。

その気持ちはよくわかる。

「そこは知ってるよ」J・Jが言った。「そんでサンドフォード署長はまたキレッタを手伝って死体を移動させるほかなかった。なんせ一回目の殺人が見つかったら、自分の関与もバレて、奴はおしまいだからな」

「そういうことだ」

そしてすでにジェイソンは、この下らない強欲なシナリオにうんざりしていた。

「結局、絵とは何の関係もなかったんだよな？」

「ああ」

「どうしてキレッタはお宝の残りを持ってるって正直に言わなかったんだ？　うまく話をつけられただろうに。彼女が嘘をつかなきゃデ・ハーンに嗅ぎ回られることもなかったし——その後あんたに嗅ぎ回られることも……」

「欲をかいたんだろう。秘密も守って、何百万ドルの美術品も自分のものにできると考えたんだ。とにかく」

　ジェイソンは机の引き出しを閉めた。ぐずぐずと、先延ばしにしているだけだ。サムにさよならを言う瞬間を遅らせたくて。

　頭の中でも読まれたか、J・Jが言った。

「あんたがどうして慌てて帰ろうとするのか、やっぱりわからねえな。それにどうしてソルトレイクシティの美術犯罪班《ACT》が、俺たちが見つけた美術品を管理するんだ？　どうして突然俺たちがこの件から外された？　どうしてあんたとケネディは話もしなくなった？」

「話くらいしている。今から帰りの挨拶に行くところだし。ほかの件については、思いがけない三連休をおとなしく楽しんでおくといい。LAには火曜まで戻らなくていいんだから、有効に使えよ」

　J・Jが苦々しい顔になった。

「なあ、ごまかそうったってそうはいかないぜ、ウエスト。あんたは今朝、二時間近くジョージと電話して、次は三時間もキャプスーカヴィッチと電話してたろ」

ジェイソンは何も返事を思いつけなかった。

「まさか上はあんたを――いやフェルメールを見つけたあんたをクビにできるわけがないよな。ほかの絵だってあったし」J・Jが心許なさそうに続けた。「まさかな？」

「わからない」ジェイソンは白状した。「そうならないよう願うが」

カランが声を荒らげるのをこれまで聞いたことはなかったが、今朝は何度も聞かされた。そしてジョージは……ジョージには「見損なった」とまで言われたのだ。二度も。

あれは胸にこたえた。ひどく。

ここまで話すつもりはなかったが、J・Jはぎょっとした顔になった。

「マジかよ。冗談だよな？　冗談じゃないのか？」

「心配するようなことは何もないさ」ジェイソンは嘘をついた。「それに俺は月曜の朝にワシントンに呼ばれてるし――」

「いや、それLAよりこっちから飛んだほうが近いだろ。パーティーを逃す必要はない。タダ酒とバーベキューだぜ、ギャラティン川を見下ろす広いデッキで」

飲み放題であろうが、今夜のパーティー以上に避けたいものなんて、ロイ・トンプソンの地下美術館（兼死体安置所）で蜂の巣にされることくらいしか思いつかない。

「とにかく今は本当に本気でパーティーの気分じゃないんだよ」とジェイソンは言った。

Ｊ・Ｊは彼をじっと見つめ、一呼吸置いて言った。

「だからあいつはクソ野郎だって言ったろ。何度も忠告したぞ」

「いや、本当に。今はやめてくれ」

Ｊ・Ｊは肩をすくめた。「じゃ……火曜にまた？」

ジェイソンはうなずき、歪んだ笑みを返す。「朝一番で」

デスクを片付けに行くだけかもしれないが。


ジェイソンは、サムの臨時オフィスのドアフレームを叩いた。

窓の前に立って駐車場を眺めていたサムが、顔をこちらに向けると、その目にさっと驚きのようなものが走った。

「帰りの挨拶をしに来ただけです」とジェイソンは言った。

サムがうなずく。窓から離れ、ジェイソンに歩み寄ろうとして——だがデスクの横で立ち止まった。

「パーティーまで残らないのか？」

「ええ。戻らないと」

サムは何も言わなかった。

ジェイソンは迷う。何をこれ以上言うことがあるだろう。本当に。

だが……手に入れる価値のあるものならば、そのために戦う価値もあるはずだ。だろう？

それに今はどれほど望みが潰えた気がしていても、二人はここまで多くを乗り越えてきたのだ。

それとも、それもただの幻想だったのか？

ジェイソンはオフィスに入り、ドアを閉めた。

「ただ、言っておきたくて……」鋭く息を吸いこみ、ゆっくりと、静かに吐き出す。「俺が、あなたの思っていたような人間ではなくて、すみませんでした。俺を信用ならないと思わせてしまって、すみません」

「そんなに単純な話ならよかったが」

サムはジェイソンには見えない宙の何かに向かって冷えびえと眉をしかめ、右の人差し指で無意識に、神経質に、手の下の書類ばさみを無音で刻むように叩いていた。

「どうして単純じゃないと思うんです？」ジェイソンは聞いた。「まったく、サム。一度でも考えましたか、あれはあなたについての話じゃないって？」

サムの顔を感情がよぎった。懐疑。反発。当惑。

滅多に——一度も？——サム・ケネディの顔に見たことのない三つの表情。

ジェイソンは言った。

「俺のせいで、あなたを困った立場に立たせてしまったのはわかっています。俺のしたことに反対なのもわかります。俺が事実を隠蔽しようとしてたわけじゃないというのは、何の足しにもなりませんか？　俺が客観的かつ中立に捜査を行おうと全力を尽くしたことも？　ほかの案件とまったく同等の対処をしていたことも？」

サムがそっけなく返した。

「お前の言うほかの案件と同等の対処というのは、自分の命を危険にさらして無用な賭けに出るという意味か？」

「そういう言い方は……ずるいでしょう。大体、今しているのはその話じゃない」

「だな」サムが同意する。「だが昨夜の話題になったからには聞くが、あんなことをするつもりだとどうして俺に知らせなかった？」

昨夜の話題になったのか？　いつの間に。いきなりの方向転換でむち打ちになりそうだ。

「つもりというか、もっと衝動的なものでしたし」

サムが言い換える。

「あんなことをすると決めた時、どうして俺に電話しなかった？」

本気か。

サムには本当に、わからないのか？　そこまで鈍感だなんてことがありえるのか？　こうも人の心にうといとか？　彼は見事なまでに他人を読み解き、相手の行動原理を分析してのける。

専門家のはずだ。

「サム、俺は二度と、生きてる限りあなたに助けを求めはしない。死んだほうがましだ」

怒りからではない。ジェイソンは、ただの事実としてそう告げた。

サムの目が細まった。温度のない笑みを浮かべて言う。

「それは、いささか芝居がかっていないか」

そうだろうか？　ただのジェイソンの本心だ。自分がサムに助けを求め――そこでサムから責め立てられたことを、忘れるつもりはなかった。

「ですかね。まあ、あなたにそれを言われるのは初めてってわけでもないし」

ジェイソンは待ったが、サムはただそこに立って、眉をしかめてジェイソンを見ていた。

これは普通ではない――だろう？　ジェイソンの気のせいではなく。普通、こんな状況でこういう態度にはならないものだろう。

この手の状況を、ジェイソンがかつて経験したことがあるわけではないが。

もうサムには何も言う気がないとわかると、ジェイソンは肩をすくめた。

「そうですか。なら、これで。俺の演説はおしまいです。これ以上言えることも見つからないし。言っても仕方なさそうだし」

反応なし。

強烈な感情に心臓をねじり上げられ、ジェイソンは鼓動が止まるかと思う。

彼は言った——声が震えたが、押し切って言葉を出した。

「あなたを愛しているし、あなたも俺を愛してくれているのだと思う。あなたに可能な限りでは。でもそこには何か……あなたには、冷たい部分がある。気持ちをオンとオフで切り替えられるような。俺だって恋愛が上手いとは言えませんが、でも誰かを愛することを中断するなんて無理なことは知っている。なのにあなたにはそれができて、ただ俺を……心から消してしまえる。締め出せる。いつもあなたのルールだけが絶対だ。俺には、もうこれ以上は無理です」

ジェイソンは長い、揺れる息を吐き出した。

「たとえ続けたくとも。無理です。もう耐えられない」

何かの感情がサムの目に光った。やはりジェイソンが見たことのない表情。

恐怖？　それはありえない。だがそれでも……。

サムが迷い、口を開いて——そこで誰かがドアをノックした。サムの表情が苛立ちにこわばる。唇をきつく結んだ。

ジェイソンが横窓から見ると、ペティがファイルの山をかかえて立っていた。案の定。当然のように、熱烈に順番待ちをしているのはトラヴィス・ペティ特別捜査官に決まっている。ま、幸運を、くそったれ。ジェイソンは顔に断固とした微笑みを浮かべてドアを開けた。

ペティがさっと、申し訳なさそうに微笑んだ。

「やあ。邪魔をしてすまない」

「かまわないよ、邪魔なんかしていないし」とジェイソンは答えた。

彼はペティの横を抜け、そのまま歩きつづけた。

19

家の脇にあるパーゴラの下で鳴く鳩の声がジェイソンに、モンタナのポルノ的な鳩と、サムと一緒にすごした最後の朝のことを思い出させる。最後に分かち合った朝を。

（やめろ）

そのことは考えるな。

今の自分は大丈夫なのだから。家に帰れてうれしい。この平和な静けさと……日常がありがたい。ボズウィンからの帰りの便の機内でロイ・トンプソンの手紙にざっと目を通し、ジェイソンの心は……安らいでいた。

望んでいたとおり、そして恐れていたとおり、彼の祖父の名はトンプソンの書簡の中に記されていた。はじめのうちトンプソンはエンゲルスホーフェン城の至宝を守る任務についたことを誇っていた。エマーソン・ハーレイと働けることを喜び、自分と同等の知性と洗練を持つ相手と見なしていた。だがハーレイ副長から二回、ささいなことで（トンプソンによればそうだが詳細不明）叱責を受けた。

それ以降、トンプソンの語調が変化した。

何故トンプソンが自分の罪にエマーソン・ハーレイを巻きこもうとしたのか、想像はできてもたしかなところはわからないままだし、祖父は無関係だったという固い証拠を見つけ出すとも結局できなかったが、今のジェイソンは人々が自由に結論を出せばいいと思っていた。

人は、信じたいものを信じる。人というのはそういうものだ。

もしまた最初からやり直せたら……そう、ジェイソンは判断を誤った。大きく。チャンスが与えられたなら、この過ちから学んで二度とくり返さないようにしたい。

そんなチャンスをもらえるかどうかはわからない。仕事に関しても。ほかのすべてに関しても。

ただし〝ほかのすべて〟という範囲なら、過ちを犯したのはジェイソンひとりでもなかったが。

もし月曜にクビにならずにすめば、ジョージに少し休暇を願い出るつもりだった。

立ち止まって振り返る時間にもしたいが、主にはアムステルダムへ行く暇を作ってハンス・デ・ハーンの恋人のアンナと会いたい。彼女に、デ・ハーンの助力がどれほど大きなものだったか伝え（フェルメールをこの世界に取り戻した功績は誰よりも彼にふさわしい）、デ・ハーンがどれほど彼女との約束を守りたがっていたかを伝えたい。

ジェイソンは荷物の中身を洗濯機に押しこみ、キッチンの冷蔵庫を開けて、カートン入りの新鮮な卵と牛乳、パンをしみじみ眺めた。シャーロットがまた姉の仕事をしてくれている。

腹は減っていなかったが、帰りの機内で心に決めたひとつは、もっと健康に気を使おうということだった。もっと食べ、酒は減らす。悪くない一歩目だ。

キッチンの裏口についたガラス窓を誰かが鋭く叩き、ジェイソンはとび上がった——たちまちのうちにジェレミー・カイザーが死んでいるとは限らないと、警戒をゆるめてはならないと思い出す。

心臓が喉元にせり上がったまま、扉まで行って窓をのぞいた。

サムが、むっつりとこちらを見返していた。

二人はガラスごしに見つめ合い、そして記憶にある限り初めて、ジェイソンはドアの外にサムがいるのをうれしいとは感じなかった。

こんな短い時間差で現れたということは、ジェイソンが去って一、二時間のうちにサムもオフィスを出たはずだ。

その理由を推測するなら——すべてを分析したサムは論理的な結論に達し、そしてタスクリストの一行分を消化してしまおうとここまでやってきたのだ。

ジェイソンはドアを開け、なんとか冷ややかな声を出した。

「悪いニュースを直接伝えに来たってわけですか？」

「そうだ」

サムの表情は厳しい。疲れて、険しい顔だった。言葉を止めて待っている彼に、下がったジェイソンは「一マス進め」と言うように手を振って中へ招いた。

サムが家の中に入る。ジェイソンを——ジェイソンだけを——見つめる彼の表情は奇妙で、探るようだ。

「ジェイソン、これを楽に伝える言い方がない。ＤＮＡ鑑定の結果をこの目で見たが、カイザーは死んでいない」

まったく別のことを聞かされると覚悟していたジェイソンにとって、その話はほとんど笑えそうだった。笑えないが。

「そうですか」

「俺は……一刻も早くお前に伝えたかった」

「でしょうね」勘違いではない、たしかにサムの表情がどこかおかしい。「何か飲みますか？　とにかく俺は一杯飲まないと」

サムが迷った。「もらおう」

短い笑いをこぼし、ジェイソンはいつの日かサムがふらっと現れるかもしれないと願ってカナディアンクラブのボトルをしまっておいたキッチンのカップボードに向かった。なんと、ついに望みがかなった。

ロックグラスを二つ出し、カランと氷を入れるとウイスキーを注ぎながら、その間ずっとジェイソンはまだドアの脇に立ったままの（素早く撤退できるようにか？）サムから無言で見つめられているのを意識していた。

ジェイソンはとりあえず言った。

「そんなに意外ではないですね。俺は、カイザーが死んだとは信じていなかったから」

サムにグラスを、指がふれないよう注意しながら渡す。

「ジェロニモ」と言ってジェイソンはごくりとウイスキーを飲み、その刺激にひるんだ。まったく。カナディアンクラブはひどすぎる。そんな趣味の悪い男はよせと、わかっておくべきだった。

「ああ、お前は信じていなかった」サムが言った。「それに俺も、わざわざここまでそのことを伝えに来たわけでもない」

「わかってますよ。お祝いのパーティーもケツにくっついた金魚のフン野郎も放り出して来てるんだし」

サムが喉の詰まった音を立てた。

ジェイソンは彼を凝視する。

「じゃあどうして、いったいどうして来たんです、サム？」

サムが、まるでいつ現れたかわからないように手の中のグラスを見下ろした。一息に酒を飲み干す。

「さて、いいでしょう」とジェイソンはうながした。

「理由はわかっている」とサムが言う。

彼はジェイソンを、苦しげで不明瞭な……期待をこめて見つめていた。何を期待している？　理解をか？　ジェイソンには理解できていない。

「何の理由です？」

「俺は、先のことを見通しておきたいたちだ」

「それは、みんなそうじゃないですか」

「違う」サムが首を振った。「イーサンとなら……いつも彼が何をするか、何を考えているかわかった。中には気に入らないこともあったが、それでもいつも予想がついた。お前にはそれが通じない。お前が考えていることがいつもわかるわけではないし、お前がどんな行動に出るかが読めない」

「いや、そういうものでしょう」ジェイソンは反論した。「それが当たり前だ。俺だってあなたが何を言い出すか、何をするか、わからない」

「だが俺には必要なことなんだ」ジェイソンから懐疑的な表情を向けられて、サムは目をとじ、言葉を探そうとしているようだった。「つまり、俺はそれに慣れている。不意打ちは好きではない。状況を掌握できないのも嫌いだ。そこで、お前に嘘をつかれて――」

「だから」ジェイソンは言った。「嘘はついてない。俺はあなたに助けを求めようとして――」

「そして俺はそれを裏切った」サムが割って入った。その目は感情が満ちて暗い。「すまなかった。今は……俺は、後悔している。やり直せたらと願う。今朝お前に言われたとおりだ。あの話は俺についての話ではなかった。俺の問題として受け取るべきではなかった。俺たちの問題としても」

　謝罪を聞けるとは思ってもいなかった。どこで二人の関係がねじれたのか、サムが解き明かそうとするなどまったく思ってもいなかった。だが意外ではないのか、サムはまず分析する男だ。たとえ二人のことでなくとも、サムなら理由を把握しようとするだろう。

　サムが言った。

「だがお前を心から消すとか、締め出すとかいう話は違う。俺にはできないからだ。たとえそうしたくとも。そうしたくもない。お前は、俺の人生で最高の存在だ。俺に起きた最高の出来事と言ってもいい。朝はまずお前のことを思うし、夜は最後にお前のことを思う。それが真実だ。俺は冷たくはない。ことお前に関しては。もし、もう少し距離を置けていれば――」

「距離を置くなんて、恋愛の解決にはなりませんよ。冗談じゃない。対話だけが解決法だ。俺ですらそのくらいは知ってますよ」

　サムがグラスを置き、ジェイソンを腕の中に引き寄せた。ジェイソンは体を引こうとはしなかったが預けもしなかった。まだ傷ついていたし、まだ疑っている。

サムがこめかみに、唇のそばにキスをした。優しく、謝罪をこめて、ひとつずつ慈しむように。

「すまない。お前を傷つけるつもりはなかった。傷つけようなんて思ったこともない」

だが、そういう癖があるのは間違いない。

ジェイソンはくたびれた声で言った。

「わかってます。でもあなたは俺との関係に乗り気でもなかったし、望んでもいなかった」機内で振り返る時間が、彼にもたっぷりあったのだ。「それはあからさまだった。あなたは、一歩目からずっと抵抗してきた」

「俺はお前との関係が、なによりほしい」

あまりにもまっすぐで、あまりにも心がこもっていたので、その言葉を疑いようもない——そしてジェイソンはサムを信じたかった。心から。あまりにも。

喉がつまり、ジェイソンは首を振った。

サムが顔を傾けて、ジェイソンの耳元で囁いた。

「最初がどうだったとか、俺が前にどう思っていたとかは関係ない。心底怖くてたまらないが、それも関係ない。俺はこの関係がほしいし、お前が望むなら何でもするつもりだ。お前を幸せにできることなら何でも。可能なことなら。二度と間違いをやらかさないともまたしくじらないとも言えないが、これだけは覚えておいてくれたなら——どれほど俺が……駄目に見えても、どれほど駄目でも……俺はお前を愛している」

ジェイソンは苛々と目を拭った。「前も同じことがあった気がするし、俺はとにかく……もうこんなことは続けられないんです」

サムが唾を呑むのが伝わってきた。見なくともサムの痛みが伝わってきた。誰かをこんなに知り尽くしていて——なのにまったく知らないなんて、どうやってあり得る？

自分の幸福がこんなにも誰かに左右されるなんて、恐ろしくてたまらない。

だが、サムも同じことで苦悶しているのではないのか？

サムが囁いた。

「わかった、ウエスト。お前の望みなら、何でも。あれは本気だ。帰れと言うなら、俺はそうする」

ジェイソンは目をとじた。イエス、ノー？　何ヵ月か先にいつかまたこんなことをくり返すくらいなら、ここで終わらせてしまったほうが楽ではないだろうか？

そう、そのほうが楽だ。それはあきらめだからだ。あきらめるのはいつもたやすい。絵画だろうと愛だろうと、手に入れるに値するものには戦うだけの価値がある。

ジェイソンは目を開けて、言った。

「帰らないでくれ」

モニュメンツメン・マーダーズ

2021年8月25日　初版発行

著者　ジョシュ・ランヨン［Josh Lanyon］

訳者　冬斗亜紀

発行　株式会社新書館

〒113-0024 東京都文京区西片2-19-18
電話：03-3811-2631
［営業］
〒174-0043 東京都板橋区坂下1-22-14
電話：03-5970-3840
FAX：03-5970-3847
https://www.shinshokan.com/comic

印刷・製本　株式会社光邦

Printed in Japan　ISBN 978-4-403-56047-7